Kromer · Gedichte, Essays, Prosa, Briefe

AF194680

Heinrich Ernst Kromer

Das literarische Werk

Herausgegeben von
Jürgen Glocker und Klaus Isele

Band 1

FSC
www.fsc.org

MIX
Papier aus verantwortungsvollen Quellen
Paper from responsible sources
FSC® C105338

Heinrich Ernst Kromer

Gedichte,

Essays,

Prosa,

Briefe

Klaus Isele Editor

Dieses Buch erscheint bei KLAUS ISELE · EDITOR

Alle Rechte vorbehalten © Eggingen, 2021

Umschlagfoto: Klaus Isele

Herstellung und Verlag:
BoD – Books on Demand, Norderstedt
ISBN 978-3-7534-0530-8

Inhalt

Gedichte

Wellen

Die sanfte Welle bebt ans Land
Und haucht ihr Flüsterseufzen nach
Und rinnt umarmend, küßt gemach
Sich tot am weichen Ufersand ...
Die sanfte Welle bebt ans Land.

Die sanfte Welle bebt ans Land.
So wird des Liedes Klage wach
Und quillt empor und zittert nach,
Und stirbt am harten Lebensstrand ...
Die sanfte Welle bebt ans Land.

Wunsch

Schwermut zieht mit grauen Schwingen
Düster durch der Seele Welt;
Hemmt das Schaffen, das Gelingen,
Tatenheiße Kraft zerschellt!

Von des Lebens Blütenwonne
Hauchet mir den holden Duft!
Lenzessprießen, Jugendsonne,
Lockt mich aus der Sorgen Gruft!

Vorfrühling

Noch wagt sich keine Blume heraus;
Junggrün Gras nur verläßt das Haus
Und traut sich, im Raume umzusehn,
Wie alles mag hier oben stehn!

Neugierig Gras, bewahre dich
Ein freundlich Geschick vor Winterstrich!
Im Mai oft fegt er noch durchs Haus –
Dann, lieber Fürwitz, ist alles aus!

Sommertag

Unbewegt das Gräsermeer;
Rings liegt tiefe, schwüle Stille;
Nur im Grase zirpt die Grille,
Und kein Windhauch regt sich mehr.

Flimmernd zittert heiß die Luft.
Schon der Reife schwankt entgegen
Aller Felder reicher Segen
Warm im süßen Ernteduft. –

Gedenken

Ob dich gleich ein Sturmgewüte,
Schwarze Rose, schier geknickt,
Seh' ich froh, daß deine Blüte
Wieder voll zum Lichte blickt;
Und ich dank' der Schicksalsgüte,
Die dem holdesten Gemüte
Schönster Blüte
Golden-warmen Sommer schickt!

Verleumdung

Sieh dich um: Es folgt dir die Gefahr!
Auf der Liebe blumigen Gelände
schlägt die Hexe ihre dürren Hände
Dir wie Fänge in das reiche Haar –
Sieh dich um: Es folgt dir die Gefahr!

Sieh dich um: Du bist ja jung und rein,
Und es wird dein Himmelsblick sie schrecken.
Kann sie dich mit ihrer Zunge lecken,
Wirst du bald auf Aller Zungen sein…
Sieh dich um: Du bist ja jung und rein –!

Mittagsstunde

Mit dem Rätselblick und -munde
Taucht sie aus dem kühlen Grunde,
Setzt am Marmorbrunnenrunde
Nieder sich und schweigt und lauscht,
Wie der Quell ins Becken rauscht;
Und ihr Bild ruht auf dem Grunde...
Schattend überhängt der Baum,
Müde Wolken stehn im Raum,
Auf der ungeheuren Runde
Ruht der Traum
der Mittagsstunde.

Freier Ausblick

Sag, wirsch denn iez nit heiter, jungi Seel,
Und möchtisch nit in hoche Himmel fliege,
Wo silberig im Duft sel Wülchli schwimmt,
Und noch und nöcher will an d'Sunne cho,
As wiene Chind zur Muetter, wenn es Angst,
Wenns frohi Freude het?
                  Dort glitzeret
Der See und chüßt de ferne, blaue Berge
Mit chüele Lippe d'Füeß; und's freuts wohl recht;
Drum luege sie so frei und früündli dri
Und lächle nider uf die schöne Welt!
Wer isch nit froh? Wenn lacht nit's Herz vor Freud?
Zieht nit der Rhistrom, wie ne Silberband,
Dur witi, richi Matte fröhlig furt,
Und spilt um d'Richenau und Schwizergstad,
Wo Baum an Baum und schöni, suferi Dörfli
So still in sine Wasserarme träume?
Und lueg! Us hochem Chemmi stigt der Rauch
Ganz cherzegrad zuem reine Himmel uf,
Und sait:»I zeigich guetes Wetter a;
Wer öbbe morn zuem Sängerfest will goh,
Der bruucht kei Regedach; der Rege hangt
No z'Engelland und het no langi Arbet!«
So sait der Rauch und luegt uf d'Erden abe,
Wo ein der Ander plogt und niemis Rueh het...
Du aber sitzesch hoch und frei do obe
Und luegsch mit sunne-heitere Auge nidsi
Uf Chostanz, wo...
                  Hesch gmeint, i sag der's wol?
I sag der's nit; tue d'Augen uf und d'Ohre;
Es reut di nit; denn 's macht der menge Gspaß!
E Wulche zieht vor d'Sunn und streut der Schatte

16

Grad aben uf die alte Stadt am See
Und gunntere kei Licht!
     Du aber leischdi
Frei uf der Rucke, strecksch im Wohbihage
All Vieri von der; grüeßesch Sunn' und Himmel
Und rüefschene:»Wie wohl ischs üs drei doch!
Was fichtis a? Und chäm e ganzi Welt,
Mer müechenis nüt drus! Tuet niemis mit?«

»Wandervögel«, Zeichnung 1928

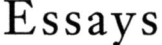

Essays

Albert Welti

Vor einigen Jahren wurde von der Sezession in München ein Bild, das den bescheidenen Titel:»Die Brücke« führte, zurückgewiesen.* Nun, das kann jedem passieren. Ein oder zwei Jahre später erschien es, ohne unterdessen eine Abänderung erfahren zu haben, an bevorzugter Stelle im Münchener Glaspalast, in den Ausstellungsräumen der Künstlervereinigung»Luitpoldgruppe«, welcher seither der Maler des Bildes als geachtetes, sehr begabtes, ja vielleicht als das hoffnungsvollste Mitglied angehört. Wer die Ausstellungen der Sezession seit Jahren kennt und daraus unparteiisch einen Schluß auf die künstlerischen Grundsätze derselben gezogen hat, hätte damals dem Bilde dieses Schicksal voraussagen können. Einmal war es in einer harten, naiven, fast kindlich unbeholfenen Technik gemalt, besonders was die Landschaft anging; nicht in dem kühnen, breiten, freien oder auch frechen Strich, der die Werke der Sezession zu kennzeichnen pflegt; dann aber war es ein Bild, eine geschlossene Komposition, die ihre Novelle hatte, was bei dieser Künstlergruppe, deren Ziel, fast ausschließlich auf die Wiedergabe des bloßen Einzelfalles der Natur ausgehend, das Entstehen eines Bildes im neuen wie im alten Sinne kaum ermöglicht, im vornherein als Vorwand gegen ein Werk erscheinen mußte.

In der Luitpoldgruppe stach das Bild unter den zahllosen Naturausschnitten aber doch so hervor, daß es, nach der Farbe wie nach dem Inhalt, einen anziehenden Ruhepunkt abgab und bei genauerem Studium so viel Poesie und so echten Humor aufwies, daß man nicht verstand, wie die Sezession nicht weitsichtiger sein und hinter der unbeholfenen Technik, deren Härte ausschließlich dem Temperamaterial

* Siehe Schlußbemerkung

21

zuzuschreiben war, nicht wenigstens den Poeten hatte entdecken können.

Welti gehört nach Abkunft jenem so kleinen wie still arbeitenden Volksstamm an, der, im südwestlichen Baden, im Basler Rheinwinkel und der deutschen Schweiz ansässig, der Kunst schon so viele bedeutende Männer geschenkt hat, um nur einige zu nennen: Joh.

Peter Hebel, Hans Thoma, Böcklin, Gottfried Keller, Ferdinand Meyer, Adolf Stäbli – einem nüchternen, realen Volke, das im harten Kampf mit der Natur sein Gefühlsleben wenig äußern kann, es vielmehr in die Seele hinab zurückdrängen und so auf den ersten Blick dem Unbekannten, nicht ganz mit Unrecht, als hart, praktisch, berechnend erscheinen muß: den Alemannen. Wer freilich unter diesen geboren ist oder sie lange beobachtet hat, wird finden, schon allein aus der Sprache, dann aber auch in ihren Sitten und vor allem im Hause, daß ein Kern tiefen Empfindens langsam und scheu doch immer wieder eine zähe Schale durchbricht und in eigenartigster Form ans Licht kommt. Ein ganz eigener Humor belebt die für ein fremdes Ohr so harte Sprache; die Rede und Unterhaltung bewegt sich in trockenen, aber gemütvollen spöttischen Neckereien, bei feineren Naturen in treffenden epischen Bildern und recht auf Umwegen, in oft vertrackten Phantasiesprüngen; bei besonderer Begabung oder tieferer Gefühlsanlage tritt die Ausdrucksfähigkeit einer mutterhaften Seele hervor, die liebend und kindlich spielend alle Gegenstände und Erscheinungen personifiziert und im Verein mit einem oft hausbackenen, oft aber auch flüssigen und überlegenen Humor eine Phantasietätigkeit entwickelt, die sich nicht scheut, das scheinbar ewig Getrennte nebeneinanderzusetzen und zu verbinden, das Unerlaubte erlaubt zu machen und das anscheinend Unmögliche nicht nur möglich, sondern bisweilen schlechthin selbstverständlich erscheinen zu lassen.

Für die Künstler und Poeten – und am Ende ist im Volke jeder mehr oder minder Künstler und Poet – mag in Hinsicht auf die besonders beliebte und geübte Art des Gestaltens und des künstlerischen Ausdrucks, nämlich für die Personifizierung, noch die Abstammung, will heißen: die Mischung der alemannischen Bevölkerung von Einfluß gewesen sein, das beschaulich gemütstiefe Wesen vom Germanen; das reale, epische, fast nur nach dem Auge urteilende Gestaltungsvermögen des Griechen, der, wie zahlreiche Worte der alemannischen Mundart deutlich beweisen, im Basler Rheinwinkel und in der Schweiz ansässig war und tiefe Spuren hinterließ. Man vergleiche daraufhin nur die durchaus nicht abhängig nachahmende, sondern aus tiefem Innern eigen und reich quellende Poesie Hebels mit der Homers.

Der schwere Kampf ums Dasein, die Liebe zum eroberten Boden und die Entschlossenheit, sich in jedem durchzusetzen und diesen, allen Anstürmen zum Trotz, festzuhalten, mögen mit der Zeit in diesem Volksstamme die Energie, die Hartnäckigkeit und den Eigensinn ausgebildet haben, die, angewandt aufs Geistige und besonders hineingetragen in die Kunst, eine starre, überzeugte, unbeugsame Eigenart schufen. Das Publikum fremder Stämme nun wird gerade daran irre, wie die lange Verkennung Böcklins, auch wohl Kellers, beweist; die eigenen Stammesgenossen verhalten sich ablehnend, weil ihrem realen Sinn die Kunst als Luxus, der Künstler als Dünstler, als unbrauchbarer Idealist, als verlorener Sohn erscheint. Beweis: wieder die beiden Genannten. Begab sich, nach seinem Berufe, auch Welti in diese Gefahren, so trat für ihn als Künstler noch eine weitere hinzu: seine Schülerschaft Böcklins. Das Folgende möchte aufzeigen, wie er sie bestanden hat.

Zwei Jahre war Welti bei Böcklin im Atelier, eigentlich als Famulus und Farbenreiber; aber er genoß natürlich auch die freundlich-fördernde Lehrerschaft des großen Meisters.

Denkt man etwa an eine zu befürchtende Nachahmung des sicherlich sehr einflußreichen autoritären Lehrers, so muß man sagen, daß im Schaffen Weltis eine solche eigentlich gar nicht zu erkennen ist. Die rein farbentechnischen Einflüsse können nicht gerechnet werden; sonst müßte heute jeder, der in Öl malt, als von jedem anderen Ölmaler beeinflußt erscheinen. Daß er die verschiedenen Malverfahren, die der Lehrer nach dürftigen Überlieferungen heraus durchpröbelte und wieder vervollkommnete, aus erster Hand und in kurzer Zeit erlernen und für die ihm vorschwebenden Aufgaben wirksam verwerten konnte, war nur berechtigter Gewinn für ihn. Von den künstlerischen Grundsätzen nahm er von Böcklin jene an, die diesen gerade von der heutigen Kunstbewegung besonders abscheiden, nach der geistigen wie nach der technischen Seite hin: keine Naturstudie, ob Modell, ob Landschaft, unverändert in ein Bild hineinzutragen; das Dekorative entsprechend seiner hohen Bedeutung auch fürs reine Kunstwerk zu würdigen; endlich, im Gegensatze zu den Naturalisten und Realisten, die nur die Richtigkeit der Naturwiedergabe fordern, die Verdeutlichung der Vorstellung besonders zu erstreben, als welche erreicht wird durch die Silhouettenwirkung, indem dunkle Figuren oder Teile des Bildes gegen helle, helle gegen dunkle abgehoben werden. Wodurch denn auch nicht nur jede Deutlichkeit in den Vorgang gebracht, sondern auch die Wirkung, die reale wie die farbensymbolische, ungewöhnlich gehoben wird, durch die Gegensätze nämlich, die, als im Leben bestehend und wirkend, auch in der Kunst notwendig dargestellt werden müssen, unumgänglich gar, wenn eine bedeutende Wirkung in Absicht steht.

Böcklin mit seinem klaren Blicke hat die Eigenart Weltis, sowohl in der Farbengebung wie die des Stoffgebietes, sicherlich rasch genug bemerkt, als daß er nicht sofort gewußt hätte, daß er ihm, hauptsächlich in die letztere, nicht hineinreden dürfe. Er mochte auch aus eigener Erfahrung wissen, wie wenig das gefruchtet und daß er sich damit höchstens einen überflüssigen Nachahmer gezüchtet hätte, wobei eine Individualität, und zwar eine besonders poetische, verwischt, gefälscht, möglicherweise in ihr Gegenteil verkehrt worden wäre. Und dies ganz ohne Not und zum Schaden des Schülers. In der Tat: Wenn die Kunst des Baslers aus einer Weltanschauung Homers und Goethes entspringt oder zu ihr selbstwüchsig hinneigt, so steht dem Zürcher Künstler weit näher das Empfinden und Schaffen seines engeren Landmannes und Mitbürgers Gottfried Keller, sowohl in seiner Heimatliebe wie in dem mehr kleinbürgerlich, fast bieder gearteten Humor. Welti wie Keller erscheinen, neben Böcklin gestellt, wie der Kantönligeist neben dem der hellenischen Weltkultur; und jener wird, seinem bisherigen Schaffen nach zu urteilen, vom enger Germanischen kaum abgehen, etwa nach dem griechischen Kunstideal hin, dem Monumentalität innewohnt und Ziel und Voraussetzung ist. Nicht, daß er diese nicht fühlte; nicht, daß er sie im deutschen Mythos nicht auch fände; nicht, daß er sie nicht darzustellen vermöchte. Radierungen von ihm, z. B. die »Walküren«, sind aus ihr empfunden, und der Künstler meistert sie ohne Schweiß und ohne hohles Pathos ganz echt; weit besser beispielsweise als etwa Franz Stuck; indes wird das Monumentale als der Ausdruck einer hohen Gefühlsäußerung, als die verdichtetste Improvisation sich bei ihm weit seltener einstellen als die intimen, vertrauten, liebevollen Figuren deutscher Sagen- und Legenden- und besonders des eigenen Familien-Lebens und -Erinnerns, die sich ihm ungerufen zudrängen oder ihn beständig umgeben und umspielen.

Auf diesem Gebiete entstanden denn auch seine wertvollsten und durchaus reifen Werke: die Brücke, das Haus der Träume, das Doppelbildnis seiner Eltern (mit der so reichen episodischen Belebung selbst des rein Ornamentalen, des Architektonischen), die Deutsche Landschaft und die

Zürcher Legende von den beiden Kaisertöchtern: alle während der letzten Jahre in der Luitpoldgruppe in München zum erstenmal ausgestellt.

Als Verdienst in unserer Zeit des Naturalismus möchte man es Welti besonders anrechnen, daß er die Natur erst durch sein individuelles Auge, seine stark persönlich und vorwiegend poetisch empfindende Seele sieht und von der Spreu des Zufälligen und allzu Alltäglichen säubert. Er bestätigt nicht nur in seinen Werken die Richtigkeit jener Böcklinschen Forderung, die jedem, der komponiert, bald geläufig wird, nämlich die unmittelbare Verwendung der Naturstudie im Bilde zu vermeiden; er bestätigt auch, daß, wo immer er sie gleichwohl versuchte, er damit fehlgeschlagen habe, indem stets wo was im Bilde nicht recht habe klappen wollen. Selbst in der herrlichen »Deutschen Landschaft«, worin er ungefähr den Ausblick ins Isartal von seiner damaligen Pullacher Wohnung aus geschildert hat, ist viel geändert, der Gesamteindruck aber dadurch charakteristischer, umfassender, wesentlicher geworden. Was dieses Werk und auch die damit ausgestellte »Zürcher Legende« angeht, so hat die Tageskritik damals den billigen Vergleich mit den besten altdeutschen Meistern herangezogen. Damit etwas gesagt war! Wie nahe läge da nicht auch ein Vergleich, was Landschaft, Figuren und Vorgang beider Werke betrifft, mit Moritz von Schwind? Und doch bleibt nicht nur hinter der liebevollen Behandlung der Landschaft, mehr noch hinter der Belebung und Mannigfaltigkeit des figürlichen Teils, ganz besonders aber hinter der Farbengebung Weltis der rein zeichnerische, nur kolorierende Romantiker weit zurück. Vom »Haus der Träume«, einem an Umfang kleinen und intimen Bild, wurde damals gar nicht geredet; man wäre heute neugierig, auf wen hier ein Vergleich hinausgekommen wäre. Meines Erachtens hat es in Stoff wie in Stimmung nicht seinesgleichen, und es scheint bis heute das tiefste und eigenste Werk Weltis zu sein.

Um bei der Parallele mit Böcklin zu bleiben, da diese beiden so eigensinnigen wie eigenartigen und hochbegabten Alemannen doch nun einmal das Schicksal hatten, zusammenzukommen, wobei ein Einfluß vermutet werden könnte, so sei noch auf Weltis Humor hingewiesen. Im Wesen ist er von dem Böcklins ebenfalls grundverschieden. Der Lehrer hat ihn sicherlich als Eigengewächs des Schülers geachtet und nicht angetastet. Muß der Basler Künstler, um überhaupt zum Humor zu kommen, einige Schritte herabmachen von seiner bedeutenden, verehrenden, pantheistischen Naturbetrachtung zum komischen, karikierten Menschen, zum Halbtier, zum Faun, der lediglich zum notwendigen Träger der niedrigeren Eigenschaften und Leidenschaften gemacht wird, die am hochgearteten Menschen, wiewohl vorhanden, so doch, an ihm ausgedrückt, lächerlich, komisch, zynisch, zerstörend wirken müßten, so ist der des Zürchers gar nicht als Gegensatz eines Ideals, nicht als Gradunterschied einer Lebensanschauung, nicht als Ironisierung etwa einer nur eingebildeten, unrealen Welt, die statt hoch und erstrebenswert eher niedrig und verwerflich, im besten Falle lächerlich und komisch wäre, zu betrachten. Es erscheint vielmehr als das innere Gleichgewicht zufriedener Menschen bei allen Widerwärtigkeiten und Teufelsfuchsereien, die auch den gutmütigsten Kerl wie einen strafwürdigen Kumpanen verfolgen, nach dessen eigenem Empfinden unschuldig und ohne Grund.

So wird Weltis Humor, verglichen mit dem Böcklins, subjektiver, innerlicher, weicher, gemütvoller, mehr stille lächelnd, gefaßt bei allem Ungemach; nicht so grimmig wie jener, nicht so hohnlachend, nicht so faunisch-verschmitzt und menschenverachtend. Spielt dieser mit karikierten Menschen, so jener – unter anderem – besonders gern mit dem Teufel, diesem echt germanischen Gesellen, dieser Verkörperung von Schabernack, Bosheit, Verfolgung; einem Patron, den Welti allerdings am eigenen Leibe genugsam verspüren muß, den er aber im persönlichen Vertrauen auf die Güte und den endlichen Sieg seiner Sache heiter, ob auch manchmal grimmig heiter, immer wieder überwindet. (...) Der Radierungen Weltis sei nur erwähnend gedacht. »Mondnacht«, trefflich durch Stimmung wie Handlung, besonders durch die Steigerung seelischer Kontraste mit symbolischen Mitteln. »Hexenritt« – voll intimen landschaftlichen Reizes und grausig-drolligen Humors. »Jagd nach dem Glück« (auch »Die Fahrt ins neue Jahrhundert« genannt): ein grandioses Traumbild, eine meisterliche Satire auf den angeblichen Fortschritt der Menschheit. Eigenen Humor und Reiz haben die kleinen Arbeiten, die Welti meist als Glückwunschkarten zu Neujahr seinen Freunden sendet und die vorwiegend häusliche Angelegenheiten betreffen. Neuerdings hat er sich auch der Originallithographie zugewandt; das »Haus der Träume« ist als solche erschienen.

Der Maler lebt gegenwärtig in Sölln bei München, unermüdlich schaffend, von seinen Freunden, einem noch kleinen Kreise, als Künstler geschätzt, als Mensch seiner Bescheidenheit und Anspruchslosigkeit wegen beliebt. Die Schweiz kennt ihn noch wenig; aus seiner Vaterstadt haben ihn, Zürcher Gewohnheit und Übung gemäß, Gleichgültigkeit und kollegialer Neid vertrieben. Man möchte an Gottfried Keller denken; auch Welti muß, wie dieser, von den in der Schweiz bestgehaßten Deutschen erst entdeckt und nach Verdienst gewürdigt werden, bevor er dort als ein Kaufobjekt mit nationalem und kantonalem Stolz begrüßt wird.

(Ist ein Irrtum des Verfassers, einer übelwollenden Berichterstattung von Seiten eines Dritten entsprungen. Die Sezession kommt bei der Sache, laut Bericht Weltis, nicht in Betracht, trägt somit keine Schuld.)

Bildhauer und Majoliken

Wenn die Keramik sich auf die Töpferei, auf die Fabrikation der schönsten und buntesten Vasen und sonst noch einiger weniger Gebrauchsartikel geworfen hat in einem Maße, daß man heute bereits sagen möchte: Halt ein mit deinem Segen! Wir haben genug, wir haben fast schon zu viel! Und wenn eine Überproduktion zu entstehen droht, die schließlich doch nur der billigsten Fabrikware alle oder doch mehr Aussicht auf ein gutes Geschäft bietet als der wahrhaft künstlerischen und guten – warum sucht sie da nicht einen Seitenzweig zu treiben, die Erzeugung nämlich von guten Kunstwerken in Majolika, in der Art, wie sie z. B. die alten Florentiner Bildhauer, vor allen della Robbia, schufen? Diese Frage scheint mir um so begründeter, als zahlreiche tüchtige Bildhauer nie in den Stand kommen werden, ihre oft sehr guten Werke zu einem Absatze zu bringen, der ihnen genügenden Erwerb, dem Volke aber zugleich eine verhältnismäßig billige und doch echte Kunst bieten würde. Ihre Schöpfungen in Bronze oder in Marmor herzustellen, pflegt für beide Teile zu teuer zu kommen, an Zeit wie an Material; sie in Gips zu vervielfältigen – du lieber Himmel! wer hätte diese mehlweißen, trockenen, undauerhaften Figuren und Büsten nicht längst satt, die in unseren Wohnzimmern zu wirken pflegen wie Kalkflecke auf der Tapete und einen grellen, schreienden, kalten Ton in die Farbharmonie einer guten Zimmer-Einrichtung hineinschreien! Und verlieren die besten Werke bei einer Vervielfältigung in diesem Material nicht allzubald an Schärfe und Charakter? Endlich verkürzen Fabriken, welche Entwürfe guter Werke aufkaufen und sie massenhaft auf den Markt werfen, den Künstlern, indem sie sie auf einmal endgültig (und spärlich genug) abfinden, den Verdienst und entwerten ihre nun anonym erscheinenden Werke durch schablonenhafte Massennachbildung, meist leider ebenfalls in Gips (ob nun getönt, ob bunt bemalt, ob in Nachahmung von Terrakotten) oder gar in der entsetzlichen Galvanoplastik, die heute wieder unterwegs ist, den Geschmack für plastische Kunst so gründlich zu verderben, wie seinerzeit das Öldruckbild, heute das Photochrom, den für die Malerei. Von den Herstellungs- und den Erwerbskosten aber abgesehen, angenommen selbst, sie wären sehr billig, so bliebe doch Bronze und Marmor ein Material, das nicht dem inneren Wesen jedes Kunstwerks angepaßt ist; außerdem bleibt jene immer einfarbig, allenfalls also im Ton ein bißchen besser als der mehlfarbene Gips; der Marmor aber, bei unserer noch nicht bis zur Vielfarbigkeit fortgeschrittenen Anschauung – gipsweiß und schneekalt. Und doch möchten wir gerade den Sinn für die Farbe auf jenem Wege ins Volk tragen und ihn mit dem billigen aber guten Kunstwerke verbreiten und verfeinern helfen.

Bei der Art des plastischen Arbeitens, wie sie heute auf den Kunstakademien getrieben wird (wir sähen – für bedeutendere Werke – die subtrahierende Technik des freien Anschauens aus dem Stein auch lieber als die addierende beim Ton!) – bei dieser Art zu arbeiten, wird der Künstler von Anfang an auf den Ton und seine Behandlung eingeübt und wäre ihrer bereits Herr, wenn er begänne, entweder Terrakotten zum Bemalen oder aber farbige Majoliken zu schaffen, die dann aus Gipsmatrizen zur Vervielfältigung ausgeformt würden. Das bißchen Technik des Bemalens und Brennens hätte er wohl bald inne, und sein mehr individualisierendes Arbeiten sowie die Zufälligkeiten des Tonbrandes und die Mannigfaltigkeit der Farbenmischungen würden dafür bürgen, daß nicht eigentlich eine Fabrikware aus einem Kunstwerk werde, sondern jedes Stück sozusagen einzeln und auch eigenartig bliebe, alle aber vom warmen Hauch des Künstlers belebt und dadurch im Werte sowohl absolut wie relativ erhöht.

Hier fänden denn auch die vielen Bildhauer, die heute noch in unbegreiflicher Künstlereitelkeit oder aus Unkenntnis ihrer eigentlichen Befähigung eine Unmenge Zeit auf die Herstellung von Denkmalsentwürfen bei Wettbewerben vergeuden, ein Arbeitsgebiet, wo sie Zeit, Kraft und individuelle Neigungen und Fähigkeiten zum eigenen wie zum allgemeinen Nutzen verwenden könnten. Die Stoffe selbst wären nicht weniger mannigfaltig, indem jeder Künstler seine besten und liebsten Sujets ins Volk trüge, während jetzt die Gips- und die Galvanowarenfabriken irgendwelche – und immer die süßeste – Dutzendware der Künstler, rechte Limonadenkater-Ideen, aufkaufen oder die Künstler, mit Rücksicht auf den noch so tief stehenden bezw. so verdorbenen Geschmack des Volkes, im besonderen des sogenannten besseren Publikums, des kaufenden Mittelstandes, in ihrem Schaffen zu den verwerflichsten Zugeständnissen zwingen; lenkt sie doch nicht Absicht der Geschmacksbildung beim Ankauf von Entwürfen, sondern bloß das Interesse des Geschäfts; der Künstler aber, wenn er nicht hungern will, muß sich zu einem Kompromiß verstehen bestenfalls und wird ein Charakterlump. Ist doch nicht jedem Eigenart und Eigensinn genug gegeben, daß er um jeden Preis, selbst unter Entbehrung, nur dem Rufe seines künstlerischen Gewissens folgen würde...

Sind die Künstler erst in dieser billigen und farbenfrohen Technik etwas erfahren und mit ihren großen Reizen bekannt, so werden sich ihrem Schaffen die Stoffe wie von selber bieten. Denken wir nur an die vielen Märchen, Sagen und Legenden, die alle den einen oder den andern typischen Punkt aufzeigen, der zur Darstellung reizen kann. Was wäre heute nur immer noch aus der Marien- und der Christuslegende zu machen! In jener das unerschöpfliche Motiv der Mutterliebe, das auch della Robbia sehr gern und so meisterhaft schon behandelt hat; in dieser etwa das »Ecce homo«, das »Es ist vollbracht« (in Flachrelief, ebenso auch eine Pietà mit Maria und Christus); ferner: »Christus als Kinderfreund«; für psychologisch tiefer strebende Künstler der »Judaskuß«, welcher bei phrenologischem Realismus der beiden so stark kontrastierenden Köpfe unendlich reizvoll für die Darstellung wäre. Oder auf nationalem Gebiete ein typisierter Bismarckkopf (Relief) oder eine ebensolche Bismarckstatuette, nicht in der Dutzenddarstellung als säbelklirrender und Urkunden feilhaltender Staatsmann, sondern aufgefaßt etwa im Sinne des künftigen Hamburger Denkmals.

Endlich wäre, abgesehen von Majolika- oder bemalten Terrakottaporträts, noch der zahlreichen Lokaltypen zu gedenken, die, gut aufgefaßt und derb und breit durchgeführt, einen humorvollen, echt künstlerischen Handelsartikel abgeben und sicherlich großen Absatz finden würden. Jedes Dorf, jedes Städtlein, jede Stadt hat ihrer eine ganze Anzahl; ich könnte allein hier in diesem kleinen Nest ein gutes Dutzend solch komischer und tragikomischer Burschen aufzählen: welche Fülle von Kunstarbeiten, wenn man diese als mittelgroße Statuetten, in halber oder ganzer Figur, oder größer (als Reliefmasken, etwa nach Böcklins Typen am Basler Kunsthaus) darstellen und in den Handel bringen würde.

Ich setze hier immer stillschweigend voraus, daß, um den Arbeiten den Kunstwert zu wahren, die Künstler diese eigenhändig aus den Matrizen ausformen, zum mindesten aber selber retuschieren und bemalen würden. Der Käufer müßte diese Gewähr haben, daß er wirklich ein Werk dieses oder jenes Künstlers erwerbe; der Preis könnte dabei immer noch so gehalten werden, daß bei einem auch nur bescheidenen Absatz der Künstler auf seine Rechnung käme, ja besser vielleicht als jetzt, wo er für eine Arbeit, die er vielleicht in drei Jahren einmal verkauft, eine Summe verlangt, auf die meist nur der Geldbeutel der Reichen geeicht ist; und bekanntlich sind nicht immer die Reichen auch zugleich die Käufer von Kunstwerken...

Würden Werke der erwähnten Art auf den Kunstausstellungen oder auch nur in den Kunsthandlungen und feineren Porzellangeschäften ausgestellt, wie dies heute mit den vielen Sorten von Vasen geschieht, so wäre schnell der Geschmack des Publikums dafür gewonnen und so diesem wie dem Künstler gedient. Aber gerade unter letzteren wird diese Technik nicht geübt, oder doch wohl nicht genügend geschätzt; hat mir doch einer, von dem man ein gerechteres Urteil darüber erwarten sollte, verächtlich herausgesagt: »Das ist Hafnerware!« Die Ausstellungen selber bringen auch wirklich nichts in dieser Art: Auf der vergangenen Münchner Großen Internationalen war ein einziges Stück zu sehen, eine »Pomona« des jungen Bildhauers Karlmax Würtenberger, der sich mit der Absicht trägt, die Majolikatechnik auch auf dem rein künstlerischen Gebiete wieder zu beleben. Seine neuesten Arbeiten, die sich allerdings im Sujet zu sehr an die der Florentiner anlehnen und Modernes kaum behandeln, eine Lokaltype und ein lachendes Mädchen ausgenommen, zeigen, was technische Ausführung und Farbenbehandlung betrifft, schon eine bedeutende Meisterschaft. Bringt man solch eine starkfarbige Plastik in ein Zimmer oder an eine Wand, so überbietet sie sogleich die andern üblichen Kunstgegenstände an Wirkung; sie hält dem buntesten Teppich, der farbigsten Tapete stand oder verlangt gar eine stärkere für sich als Folie und vertreibt so alle Talmikunst unerbittlich, die sich heute in den Zimmern der besseren Stände so entsetzlich brüstet und breit macht. Da sieht man dann erst, wie verdorben im allgemeinen der Geschmack ist; ein besserer läßt sich aber durch Worte fast gar nicht lehren; er muß sich uns durch Werke aufdrängen, muß sich durch die Anschauung, durch das Auge ins Herz einschleichen...

Wenn wir eine künstlerische Kultur anstreben, die auch in die Schichten des Volkes hinabdringt, so ist die Verbilligung des Kunstwerks Voraussetzung. Daß diese Werke in Museen zu sehen sind – das ist Friedhofskultur; das Volk, der Reiche wie der Arme, der Fabrikant wie der Bauer, soll sie im eigenen Zimmer und als Eigentum, das ihm wert ist, immer um sich herum haben. Jetzt geschieht die Verbilligung auf dem Wege der Massenfabrikation; aber daß sie leider auf Unkosten der Kunst erreicht wird – wer bestritte das noch? Damit wurden die Künstler erbarmungslos nebenhinausgeschoben und ums Brot gebracht, das Volk aber um Kunst, Geschmack und Genuß betrogen. Begreiflich, wenn dieses unter solchen Umständen den Künstler nicht sucht und nicht versteht; es kennt ihn ja auch nicht, denn die Fabrik macht, wie schon erwähnt, sein Werk anonym. Ebenso begreiflich ist aber auch, wenn der Künstler fortan abseits geht, vom Volke und dem in seinem Gemüt ruhenden Sehnen nichts wissen, geschweige denn es befriedigen will und nur Aufgaben nachlebt, die ihn entweder (in Gestalt von Aufträgen) ernähren, oder die geeignet sind, ihn um jeden Preis bekannt oder berühmt zu machen, so daß ihm die Reichen und die Protzen nachlaufen, nicht etwa weil er diesen oder der Allgemeinheit was Besonderes, was Wertvolles böte, sondern weil er eben Mode ist. Daher wohl auch die geringe Nachhaltigkeit in der Wirkung ihrer Werke; daher der schnelle, stille Tod selbst der einmal am meisten bewunderten Werke, der Ausstellungsschlager, sobald sie in den Galerien hängen: sie haben dem Künstler und einem bestimmten Künstlerpublikum einmal etwas gesagt; dem Volke, aus dem sie entspringen, zu dem sie als zu ihren Urboden dankbar wieder zurückkehren sollten, nichts.

Wie nun oben bereits angedeutet, fände am schnellsten eine gute, tüchtige Majolikakunst den Weg ins Volk, schon durch ihre verhältnismäßige Wohlfeilheit, und dann auch der Stoffe wegen, deren Darstellung ich anregen möchte. Das Märchen, die örtliche und die nationale Sage, die Marien- und die Heiligenlegende (im engsten Betracht dann noch die Lokaltype) sind dem Volke mund- und herzgerecht und sollten es im farbigen Bilde überall umgeben: an den Wänden, in den Prunkschreinen, über den Türen (Kaspar, Melchior, Balthasar als Schutzheilige), auch wohl in den Mauern selbst (z. B. der heilige Florian, o. a.), so daß es sich an ihren Farben und Gestalten immerfort bildete und erfreute.

Es würde damit in ähnlicher Weise geschmacksbildend gewirkt wie auf dem Gebiet graphischer Kunst mit den trefflichen Künstlerlithographien, die überall die Photographie, den Öldruck und das Dutzendölbild, die greuliche Alpen-, die See- und die Wasserfallvedute verdrängen helfen.

Daß zu diesem Ziel hin die Regierungen einen ersten Schritt tun werden, ist (bei ihrer Gleichgültigkeit in Kunstangelegenheiten) nicht zu erwarten. (Vielleicht ist es gut so; wir könnten sonst leicht eine königliche oder eine ministerielle Kunst bekommen, bei welcher der Künstler nur der Handlanger eines höheren Willens wäre.) Und warum warten? Denn das müßte man, da von oben her einer Volkssehnsucht erst entgegengekommen wird, wenn man bereits von ihr mit fortgerissen ist. Das Volk selber aber kann nichts tun; denn seinen Geschmack ändert oder bildet es, wie schon gesagt, nur am Werke selber. Also bleibt, wie immer, die Prometheusarbeit ganz am Künstler hängen: Arbeit wie Risiko. Letzteres ist freilich gering und wird schnell durch den Erfolg aufgewogen werden, erstere – je nun, es ist am Ende besser, ruhig zu arbeiten und zufrieden zu schaffen, wie es unsere alten deutschen Meister getan haben, und sich bei einem einfachen guten Können zu bescheiden, mit der Aussicht auf einen erträglichen Lebensunterhalt, statt sich bei Wettbewerben um monumentale Heldendenkmäler immer wieder zu Hunderten nebenhinabzufallen, Zeit und Kraft unnütz aufzuwenden und (in falscher Künstlereitelkeit mit krampfhaft aufgeblähter Brust, aber leerem Magen) einem hohen Ziele nachzufliegen, das zu erreichen doch nur den wenigen Auserwählten vergönnt zu sein pflegt.

Die Kunst der Alemannen

Wenn im Nachfolgenden von der Kunst der Alemannen gesprochen werden soll, so möchte ich deren Gebiet enger, als wohl gemeinhin üblich ist, bezirken. Ich glaube, die Vertreter dieser Kunst haben diese engere und strengere Abzirkung selber geschaffen; wer auf der Karte weiter ausgreifen wollte, beginge einen Irrtum, wo nicht eine bewußte Fälschung. Die ganze deutsche Schweiz und der angrenzende südliche (badische) Schwarzwald vom Baseler Rheinwinkel östlich bis etwa gegen Waldshut hin ist das Gebiet; ist, was ich den alemannischen Gau nennen möchte. Die badische Bodenseegegend kann dabei immer in Betracht kommen; ihrer Bevölkerung mangeln die spezifisch alemannischen Charaktereigenschaften fast völlig; sie hat in Sitten und Sprache etwas ausgesprochen Farbloses; auch fehlen ihr künstlerische Vertreter von irgendwelcher Eigenart und Persönlichkeit vollständig. Der erwähnte Gau hingegen hat ihrer so viele und so bedeutende, daß man von einem spezifisch alemannischen Charakter in der Kunst jener Bevölkerung reden kann und bereits einen deutlichen Einfluß desselben auf die romanischen Teile der Schweiz bemerkt. Hat man außer dem Bodenseegebiet noch einen Teil Schwabens zu den Alemannen rechnen wollen, so geschah dies, wenigstens in Hinsicht auf die Kunst, durchaus zu Unrecht. Man mache nur die Probe auf die Mundart dieser Landstriche: die rein alemannische kann Humor, Komik, Ernst und Tragik mit gleicher Kraft und Echtheit ausdrücken; die beiden andern würden, sobald sie sich in Ernst und Tragik versuchten, komisch, ja lächerlich wirken, nicht weniger als etwa das Sächsische. Dafür hat Cäsar Flaischlen neulich den Beweis erbracht; früher (im einen oder anderen Gedichte) auch der bekannte Walzmann; von einem Vormann wird man ihn ernsthaft kaum erst verlangen dürfen.

Der alemannischen Kunst eigen, als ihr Charakteristikum eigen ist vor allem ein Zug: ihr grundlegender Realismus. Ein zweiter, für sie ebenso bezeichnender, der mit dem ersteren aber, meines Erachtens, ursächlich zusammenhängt, ist nur negativ auszudrücken. Jenen wird man in allen ihren Werken finden; in Meyers historischen Novellen ebenso wie in den großen und seltsamen Phantasien Böcklins; in den Gedichten Hebels wie in den neuesten großen Epen Karl Spittelers; in der Lyrik Meyers und Kellers so gut wie in den Radierungen Stauffers oder den Werken Weltis und Ernst Kreidolfs. Erwähne ich hier noch Amiets und Segantinis, so sei damit nur auf den ungewöhnlichen Einfluß des alemannischen Geistes auf die gesamte Schweiz hingewiesen. Den angedeuteten zweiten Zug, den negativen, entnehmen wir einem auffallenden Mangel im Gesamtbild der alemannischen Kunst; von ihm wird noch die Rede sein.

Der Alemanne, eine kühle Natur, die alle Dinge an sich herantreten läßt und nur den Tatsachen, dem Sinnlich-Wahrnehmbaren, dem vor allem mit dem Auge Faßbaren und Wägbaren Glauben und Vertrauen entgegenbringt, trägt, wie jeder andere Volksstamm, was er im Leben übt, natürlich auch in die Kunst hinein. In keinem deutschen Stamm nun mag das Mißtrauen des gemeinen Mannes gegen die Kunst als solche und ihren Wert so groß und so allgemein sein wie dort. Ihre Schätzung ist nicht so sicher und so erkennbar wie bei einem Produkte, das er seinem kargen Boden mit Mühe abgerungen hat. Führt die allmähliche Bereicherung seiner Physis ihn dann zur Kunst, so muß diese notwendig die entsprechende Färbung aus solchem Geist und solchem Fühlen herausziehen. Sie muß, soll sie nicht jetzt das Mißtrauen selbst des Künstlers gegen sein eigenes Produkt hervorrufen, eine feste Grundlage haben, am Objekt, an der meßbaren und wägbaren Natur, am sichtbaren Gegenstand: sonst ist sie Dunst, Dusel, Idealismus, bodenlos im genauesten Verstand dieses Wortes. Der Realismus kann bis zu einer erstaunlichen

Nüchternheit gehen wie bei Karl Stauffer, dem die Natur
– das Modell – in der Kunst das Ding an sich, die Realität
selber war. Er ist an seinem Realismus zugrunde gegangen,
nicht nur als Künstler, nein, tragischer: auch als Mensch.
Trotz seiner großen Begabung ist er nie über das Porträt
hinausgekommen. In seinem Übergang zur Plastik suchte
er die Rettung; aber dieser Schritt war nur die logische und
künstlerische Konsequenz seiner Grundanlage; erst in der
Plastik war ihm die Möglichkeit geboten, dem Kultus der
Form, des durch die Natur Gegebenen, ungehemmt und bis
zum letzten Reste zu frönen: als Realist und eben bloß als
Realist. Es war auch hier die ausschließliche und trostlos enge
Begabung zum Bildnis, die nur das Material wechselte, um
sich noch stärker, noch deutlicher, noch innerlich wahrer
und wirksamer manifestieren zu können. Wo er dieser Haut
entschlüpfen wollte, befand er sich in der größten Täuschung
über sich selber: Die Kette seines Eigenwesens war zu stark,
um den ihr zugedachten Einschlag, seinen Drang zum Phan-
tasieschaffen, der übrigens von Böcklins und Klingers Gnaden stammte, zu höherem Zweck und im Interesse bedeutender Wirkung als ergänzend auf sich zu dulden. Dieser
Selbsterkenntnis mußte er erliegen; und gegen die Wucht
und Tragik dieses Schicksals gehalten, erscheint der Ein-
griff Lydias in Stauffers Liebesleben kaum mit der Wirkung
einer dummen Weiberlaune. Was sonst den alemannischen
Künstlern in gleicher Gefahr zugute kommt, z. B. dem Dop-
pelgänger Stauffers, Jeremias Gotthelf, dem Erzrealisten, und
was ihn hätte zu retten vermögen, das eben fehlte Stauffer:
der Humor! Gotthelf war überdies klug genug, sich mit seiner Grundanlage zufriedenzugeben; diese weise Beschrän-
kung auf seine einseitige Begabung konnte ihn zum Sieg und
zu künstlerischer Meisterschaft führen.

Übrigens haben die Alemannen, voran die Schweizer,
solcher nüchternen Realisten mehr; auf anderem Stoffgebiete, auf dem der Landschaft, ist es z. B. Meyer-Basel, der

keinen Fuß breit über das Kühl-Porträtistische des Motivs hinauskommt. Zur höheren Stimmung, zur Leidenschaft, zur Bewegtheit, zur Dramatik der Landschaft steigt er nie empor; er bleibt der armselige Schilderer, der objektive Berichterstatter des unbewegten, affektlosen Modells; er kennt keine Intuition, die ihren Ursprung und Ausdruck in der Silhouettenwirkung hat; ein Ägyptizismus des Geschilderten bleibt solchen Künstlern immer, mag das Sujet nun, wie beim Porträtisten, eine Person sein oder, wie beim Landschafter, irgend ein gleichgültiger Winkel der Natur.

Scheinbar diesen geradeswegs entgegen stehen Naturen wie Böcklin, Welti, Sandreuter, Kreidolf; in der Poesie Meyer, Spitteler, Hebel. (Um eben nur diese zu nennen!) Aber auch ihnen ist die Natur, ist das am Objekt selber Kontrollierbare, das mit den Sinnen Wahrgenommene das Fundament des Kunstwerks. Böcklins vornehmerer Frauentypus ist jener der Baseler Patrizierin; der geringere ist italienischen Ursprungs, gemahnt sogar an die Urbevölkerung des Baseler Rheinwinkels und der Umgebung von Florenz. Die Männer, im Besonderen die zottigen Meergesellen, haben ihre Urbilder unter den Schweizer Sennen; selbst deren blechernes und meckerndes Gelächter ist naturalistisch echt. Den Aristokratentyp, der in seinen Helden so bewunderungswürdig hervortritt, entnahm der Künstler seiner eigenen Gestalt. Böcklin erklärt selbst, und beweist damit, wie realistisch er vorgeht, daß es ihm oft schwer wurde, von den Proportionen des eigenen Körpers abzusehen, wenn es sich um die Darstellung von Gestalten mit anderen Verhältnissen – z. B. Petrarcas – handelte. Endlich die Landschaft: Sie ist in all ihrer Farbenpracht in Böcklins Heimat zu finden, in Basel, besonders bei Föhnwetter; daß die italienische, auch wo er sie komponierend abändert, durchaus der Natur abgelauscht ist, selbst das farbenprächtige getigerte Meer, das weiß jeder, der offenen Auges die toskanische Landschaft und das Tyrrhenische Meer geschaut hat. – Bei Conrad Ferdinand

Meyer möchten die Renaissancegestalten auf den ersten Blick täuschen; es ist aber kein Zweifel, daß sie, der starken Physis des Dichters entstammend, kein Vorbild in unserer dünnseligen Gegenwart fanden und sich dieses darum in der Vergangenheit suchten, in der Vergangenheit, die in der Historie festgelegt war und die Existenzmöglichkeit solcher Gestalten verbürgte. Existenzmöglichkeit ist aber in der Natur durchaus gleichwertig mit Existenz selber und ist als solche Objekt, res natura. Jakob Burckhardt steht in dieser Hinsicht neben Meyer; seine Anerkennung und Verehrung alles Tatsächlichen ist so groß und so echt, daß er selbst bei den Verbrechen, welche die ganze Kultur der Renaissance begleiten, seine Schilderung bis zur bloßen Berichterstattung herabnüchtert und nirgend sich eines moralischen (oder gar moralistischen) Mäntelchens noch eines sentimentalen Tränenschnupftuchs bedient. Man weiß, was dieser Mann einem Nietzsche war; man ermißt auch, was der Realismus seiner Schilderung für das Verständnis jener Epoche uns gelten muß ...

Man wird diese selbe Erscheinung mehr oder minder leicht bei allen alemannischen Künstlern finden: die Namen Hodler, Sandreuter, Thoma, Stäbli, Röderstein, Hebel, Lienert, Gotthelf erwecken alle die Vorstellung tüchtiger Realisten und so kühler wie starker Naturbeobachter; hier setzt aber auch zugleich das andere Charakteristikum alemannischer Kunst ein: Kunst im weitesten Umfang verstanden.

Es ist erklärlich, ja ganz natürlich, daß sich bei einem Volke, das in einem harten Kampfe mit einer kargenden Natur liegt, jener Sinn zuerst entwickelt, der in diesem Kampf am meisten angestrengt wird. Im ganzen genommen ist dies der praktische; sein Werkzeug, das dabei die Dinge zu prüfen und zu messen hat, das Auge! Was es sieht, glaubt es; und was es vorderhand zu glauben hat, dessen Zweck geht fürs erste nicht über das Notwendige und Nützliche hinaus; das Überflüssige hat noch keinen Sinn.

Auf die Kunst angewandt, muß, wie bereits angedeutet, zuerst der praktische, der nötige, der nützliche, der kontrollierende und kontrollierbare Sinn zum Ausdruck kommen; der Rausch, der zur Kunst jeder Art unerläßlich ist, wird in diesem Falle das Auge ergreifen; es ist ein Rausch der Freude am Maß, am Meßbaren und Sichtbaren. Der das Überflüssige, das Übermaß der Physis, das Überquellende zur Grundlage hätte, dieser Rausch ist nicht vorhanden. Die Kunst dieses Volkes wird apollinisch werden; die dionysische ist bei ihm nicht möglich. Oder noch nicht möglich. Dies ist bei den Alemannen der Fall. Einer im Verhältnis zur Bevölkerung recht großen Zahl tüchtigster Maler und epischer Poeten stehen keine Dramatiker, keine Musiker, keine Schauspieler und Tänzer, keine Lyriker – wenigstens keine spezifischen und starken Lyriker – gegenüber. Meyers, Kellers, Spittelers, Hebels Gedichte widerlegen diese Behauptung nicht; sie beweisen sie. Das tiefste Moment der Lyrik, das Erotische, fehlt ihnen allen im Grunde. Bei Keller tritt die Naturschilderung an dessen Stelle, bei Spitteler und Meyer das Balladische und das abgekühlte Gleichnis, bei Hebel die Idyllik, im besten Falle vergoldet durch heiteren Humor. Der apollinische Rausch ist vorhanden und tut seine Wirkung; der dionysische wird nicht erreicht oder aber, wo er etwa vorhanden gewesen, durch den überwiegenden Sinn für Maß, Vernunft und Wirklichkeit herabernüchtert bis zum apollinischen. Und doch – einen Lyriker haben sie: Karl Stauffer! Merkwürdig genug! Aber seine Lyrik tritt doch überhaupt erst da auf, wo ihn die Erkenntnis unabwendbarer Tragik zur hohen Beredsamkeit des eigensinnigen starrköpfigen Opfers, zum Gefühlsüberschwang des Schicksalsgeweihten hinreißt.

Anläufe zum Drama könnte man erblicken in Meyers letzten historischen Novellen und in Spittelers sog. »Darstellung«: »Conrad der Leutnant«. Beide Dichter wurden indes entweder sich ihrer epischen Grundanlage rechtzeitig wieder bewußt, oder aber der Rausch des Tragischen oder

der Macht oder des Willens zur Macht schien ihnen, wofern er wirklich ansetzte, nicht stark genug zur blinden Herbeiführung der Konsequenzen, oder diese selber so großer Opfer nicht würdig, nicht einmal ästhetischer Opfer. Auch mochte der republikanische Geist, der als solcher ein Produkt praktischer Erwägungen ist, mehr einem versöhnlichen Paktieren und Parlamentieren geneigt sein als der Entscheidung eines individuellen starken Willens, der keine Kompromisse kennt.

Der Mangel an dionysischen Empfindungen und daraus entspringender dionysischer Kunst mag bei diesem Volksstamme aus klimatischen und politischen Ursachen entsprungen sein. Eine immer auf den Erwerb des Nützlichen und Notwendigen eingestellte Physis wird kaum je Überschüsse, kaum je ein Übermaß des Willens erzeugen, der zur Betätigung, zu stürmischer Entladung hindrängte. Der Leib ist ungelenk und verschmäht jeden Ausdruck von Empfindungen, die ihn in allen seinen Teilen als Ganzes in Rausch versetzen und bewegen könnten.

Wer es am eigenen Schaffen erfahren hat, wird den Abstand zwischen dem ruhigen kühlen Beobachten, welches das abmessende Auge erregt, und dem drängenden entsetzlichen, leidenschaftlichen Wühlen und Fühlen unseres ganzen Innern kennen, das zum Drama treibt, alte Welten in ein Chaos verwandelt und daraus neue mit weitergespannten Grenzen, Möglichkeiten und Freiheiten herausbildet, wofern es nicht an der Zerstörung selber sich austobt und befriedigt. Schon die Schaffung eines lyrischen Gedichts, eines erotischen besonders, steht hinsichtlich der Erregung und Berauschtheit des Künstlers hoch über der eines Gemäldes, einer epischen Schilderung, einer Skulptur. Beide mögen sich zueinander verhalten etwa wie die Schauer des Liebesaktes zur ruhigen Bewunderung der Schönheit des anderen Geschlechts. Ob man aber nicht annehmen darf, daß da, wo das eine fehlt oder doch zurückgedämmt wird, alles dem anderen zugute kommt und dieses durch die Summierung aus vielen Generationen sich schließlich zu solcher Kraft und Fülle emportreibt, wie es im alemannischen Kunstschaffen als wesentlich wirklich zutage tritt? (...)

An diesen beiden Grundzügen der Kunst dieses deutschen Stammes mag außer den klimatischen und den sonstigen äußeren Lebensverhältnissen noch eine andere tiefere Ursache mitgewirkt haben. Sie scheint mir geeignet, vor allem den Realismus des Volkes gefördert, gestärkt, individuell gefärbt zu haben. Eine Anzahl griechischer Worte, die in der alemannischen Mundart noch heute gebräuchlich sind (Pnüsel = Schnupfen; brieggen = weinen; Rapedizli, auch Rhapsedizli = kleine Erzählung und ähnliche) beweisen, daß zwischen Germanen (im besondern Alemannen) und Griechen in jener Gegend eine Vermischung stattgefunden hat. Als Kolonisten waren diese Griechen zweifellos Elemente des Handelsstandes, ausgerüstet mit dem ganzen fast ausschließlich praktischen Sinn, der solchen Menschen Lebensbedingung ist. Wahrscheinlich wurde durch sie auch der freie republikanische Geist des alemannischen Stammes gezüchtet oder noch erheblich gestärkt; dionysische Physis aber wäre, wenn sie diese Ansiedler mitgebracht hätten, wohl bald unter dem Einfluß einer kargen Natur und eines harten Existenzkampfes zurückgegangen. Anderseits mußte die politische Selbständigkeit und der trotzige Unabhängigkeitssinn, der diesem Stamme entweder schon von alters her im Blute saß oder durch den beständigen Kampf um den einmal eroberten Boden anerzogen wurde, eine besondere Wirkung ausüben, sobald er ins Geistige und in die Kunst hineingetragen wurde. Ihm entsprang jener eigensinnige Individualismus, jene echte, herbe, oft starrköpfige Eigenart, die wir heute gerade an diesen Künstlern so auffallend wie bewundernswert finden; auffallend, weil sie alle sie besitzen, bewundernswert, weil sie – selbst mit Gefahr eigener Schädigung – keine Kompromisse schließen, keinen geistigen oder künstlerischen Kuhhandel treiben. Eben daran sind die Alemannen als solche deutlich zu erkennen. Was aber das Wertvollste ist: Ihr Individualismus hat an dem unbedingten gesunden Realismus einen festen verläßlichen Untergrund, auf dem er sich ungefährdet bis zu den Phantasien eines Böcklin, eines Welti, eines Hodler, eines Spitteler versteigen darf, ohne befürchten zu müssen, aus Mangel an Naturstudium dem Bizarren oder dem Barocken anheimzufallen, als welche beide der Unkenntnis oder doch der ungenügenden Kenntnis der Natur entspringen, nicht etwa einer allzu gründlichen Kenntnis, welche ein übermütiges Spielen mit der Natur und ihren Formen (wie manche wähnen) statthaft oder möglich machte.

Der Einfluß des griechischen Blutes zeigt sich, meines Erachtens, noch in weiteren Erscheinungen alemannischer Kunst. Böcklins hellenische Weltanschauung und Art scheint mir auf anderem Wege gar nicht erklärlich zu sein; sie wäre in ihm aufgetreten, auch ohne das Studium Homers und Goethes, dem Philologenseelen so großen, wo nicht allen Einfluß zuschreiben. In Goethe war das Hellenische nicht tiefste Anlage; es war seiner leicht bestimmbaren Natur angeflogen. Böcklin anderseits echt deutsch zu nennen, ist eine ebenso dumme Phrase wie gedankenlose Oberflächlichkeit. Was ist denn deutsch an ihm? Man sagt wohl: sein Humor, seine Gemütswärme, seine Eigenart. Das erste aber, womit er heute besticht und womit er vordem anstieß, das ist seine Klarheit, seine Helle, seine Verständigkeit, sein Kolorismus; sie alle sind das Gegenteil von deutscher Art, welche da sagt statt Klarheit: Tiefe (ehrlich gesagt: Trübe!), statt Helle: Mystik, statt Verständigkeit: Unbewußtheit, statt Kolorismus: Freiluft. (Sollte einer Verständigkeit mit Berechnung verwechseln wollen – diesem Deutschen rat ich, Deutsch zu lernen!) Man stelle einmal neben den »Deutschen« Böcklin den Universal- und Absolutdeutschen, der heute so schnell und so gedankenlos mit jenem zusammengeschirrt wird: Wagner, den Wolkenschieber und Nebelbrauer, wie ihn nur das trübe Nibelungenland erzeugen könnte! Dann wird erst der Hellene Böcklin herausspringen. Daneben halte man noch das Urteil Böcklins über Wagner und mache sich seine Gedanken darüber: ein Urteil und eine Schätzung, welche vom Blute Böcklins diktiert sind und nicht – wie wiederum nur Flachköpfe behaupten können – von der Einseitigkeit, die allen Genies eigne! Widerdeutsch aber ist an ihm vor allem seine Verständigkeit, mit der er sich über alle Dinge seines Kunstwerks: über die innere Logik, über die Komposition, über die Raumeinteilung, über die Linienführung, über die Farbe – diese sowohl als symbolisches wie als technisches Mittel betrachtet – klarste Rechenschaft ablegte. Nicht daß er die Intuition, die das Erste und Höchste bei der Entstehung des Kunstwerks bleibt, gering schätzt oder, wie einige meinen, durch Verstand, durch kühles, berechnendes Denken ersetzt hätte; die Intuition, die immer etwas Dunkles behält und selten so stark ist, um über die lange Dauer der Ausarbeitung des Kunstwerks vorzuhalten, wird nur geprüft, gestützt, gefestigt und auf alle Mittel, die zu ihrer vollen Wirkung, ich möchte sagen: zu ihrer Erfüllung beitragen, gewissenhaft kontrolliert. (Eben aus dieser hohen Schätzung der Intuition stammte Böcklins so berechtigte Geringschätzung des Porträts wie alles Modellhaften und Naturalistischen.)

Dies ist griechische Art des Kunstschaffens, wie sie uns das Drama, das Epos, der literarische, ästhetische, philosophische Essay, die Baukunst und die Skulptur der Griechen deutlich aufzeigen. Sie ist heute wiederzufinden bei einem andern Alemannen, der mit Böcklin nicht nur die Gewissenhaftigkeit und Verständigkeit im Schaffen, sondern neuerdings – und immer noch sich vertiefend – auch die hellenische Weltanschauung gemein hat: bei Karl Spitteler. Man wird nicht behaupten, diese sei von ihm nur bewußt angenommen worden, etwa unter dem mächtigen Einfluß Böck-

lins oder vielleicht eher Homers, auf dessen große Epen-
kunst der Dichter heute, wie er sagt, endgültig hinausgekommen ist. Sein tiefgründiger Pessimismus ist so echt wie
die Gestalten, die er mit epischer Kraft und Anschaulichkeit
schildert. Was er zuvor geschaffen – an sich tiefdurchdachte
klare Arbeiten, Essays, die ihm das begeisterte Lob Nietz-
sches eintrugen, Novellen – alles erklärt er vom Standpunkt
seines heutigen Schaffens als Naturstudien, als Porträtware,
die gerade noch den Wert von Übungen hätten, aber keine
Kunstwerke seien. Ganz wie Böcklin! Die genaue Rechenschaft, welche der Dichter sich über jedes einzelne Werk ablegte, nicht zum wenigsten über seine eigene Grundveran-
lagung (die er episch nennt im Sinne Homerischer Kunst),
führt ihn zur Erkenntnis, daß nur das große Epos epische
Kunst sei und Dauer habe über all die Klatsch-Epik der Ro-
mane und Novellen hinaus, die nur einer kurzen Zeitströ-
mung entsprängen und dienten, nicht einer Weltanschauung
und einer gewissen Ewigkeit, die im Typischen ihre Grundlage und ihre Mittel und Zwecke haben. Sollten dies Aus-
flüsse gymnasialästhetischer Anschauungen sein? Oder lite-
rarhistorischer? Oder verbohrten alemannischen Eigensinns,
wie er einst auch Böcklin vorgeworfen wurde? Und doch haben wir in Spitteler den ernstesten und klarsten Ästhetiker
vor uns, den feinsten Essayisten, wie ihn Nietzsche nannte!
Man kann sich nur verwundern über diesen »echtdeutschen
Geist«, der so blutecht griechisch ist…
   Der dritte Grieche steckt in dem Schwarzwälder Hebel.
In seiner Mundart vorzugsweise sind jene erwähnten griechischen Wörter noch gebräuchlich. Seine Poesie ist die
Idylle, wie sie die Griechen geschaffen haben. Aber sie ist
gefärbt durch deutsches, durch alemannisches Fühlen, das
in jener Poesie leicht zum Moralisieren neigt, zu einem hu-
morvoll-lehrhaften Ton, der aber immer durch goldene Anschaulichkeit gestützt ist und dadurch erträglich wird. In
seinen besten epischen Gedichten könnte einer versucht sein,

ihm die Anwendung des Hexameters vorzuwerfen, etwa als eine äußerliche Nachahmung Homers. Hebel selbst verwirft in einem seiner wunderbar klaren Essays den Gebrauch des »wellenlinigen Hexameters des Ioniers in unserer scharfeckigen deutschen Sprache«. Er aber scheut sich nicht, ihn selber anzuwenden, allerdings nur in seiner heimatlichen Mundart. Nun hat aber selten wo in deutscher Dichtung sich Inhalt und Form so ungezwungen und so vollkommen gedeckt wie in diesen Idyllen Hebels. Die Personifizierung aller Dinge, die Anschaulichkeit der Schilderung, die Bilder und Vergleiche, dazu die äußere Form, die sich im Munde des Kundigen wie die leichteste Prosa liest; dies alles ist homerisch und läßt uns die Poesie Homers erst wieder tiefer und feiner würdigen, besonders in ihren naivsten Schilderungen und Anschauungen, die allerdings nicht auf naturalistische und historische Richtigkeit, sondern nur auf ihren rein künstlerischen und poetisch-technischen Wert geprüft sein wollen. Ganz wie bei Hebel auch. Der Gebrauch des Hexameters ist aber bei diesem Dichter nicht einer willkürlichen Berechnung entsprungen; der Vers lag ihm tief im Blute und gab – wohl ihm selber unbewußt – die einzige organisch gewachsene und richtige Form für den Geist dieser Poesie ab: Der Hexameter ist der Dialektrhythmus des Alemannischen und für das geschulte Ohr dort in der Prosa des Volkes leicht erkennbar, besonders in der Südschwarzwälder Mundart, wo auch die Erzählerkunst, so selten sie schriftlich ausgeübt wird, durchs ganze Volk hin auffallend verbreitet ist.

Ich zweifle nicht, daß sich hier, wie überhaupt im ganzen alemannischen Gau, griechischer und germanischer Geist besonders günstig miteinander vermischt haben: der Realismus im Leben wie in der Kunst; politische wie geistige Eigenwüchsigkeit; Klarheit und Verständigkeit im Verein mit deutsch-dunklem Fühlen und Gemüt. Ich möchte des Humors nicht vergessen, der alemannischer Zähigkeit entsprungen sein dürfte. Er ist nur möglich in realen starken Naturen, die auch die schlimmsten Schläge einst noch zu ihrem Besten zu wenden und als ein Positives in höherem Verstand zu buchen wissen; der Geist, der unter dem Kreuze zusammenbricht, erlangt ihn nicht. Im Humor, dieser Resignation aus Stärke, treffen sie sich alle wieder, die Besten der Alemannen; und der Realismus, der sie das Leben ernst und tief nehmen heißt, schützt sie auch in der Kunst vor dem Genrehaften, das ihrer oft recht engen Pfahlbürgerlichkeit leicht entspringen könnte. Eigenart und Humor paralysieren in etwas diese Gefahr; sie bilden vereint das seltsame und starke Aroma alemannischer Kunst; sie bedeuten ihr Wesen und legen es fest. Ohne diese beiden verfiele sie sicherlich hausbackenem Genre und enger Moralseligkeit; der Realismus allein tut's nicht; er verfällt dem Porträtismus, und mit diesem bleibt auch der begabte Künstler nur ein Naturschuster traurigster Sorte...

Arnold Böcklin

(Zu seinem 70. Geburtstag)

Böcklin steht heute auf einer Stufe des verdienten Ruhmes und der Bewunderung, die zu überschreiten Zudringlichkeit wäre und von ihm selber wohl ebenso mit Verachtung behandelt würde wie einst die Verkennung und Anfeindung, unter denen er in seiner ersten Schaffenszeit zu leiden hatte. Er ist heute der Mann wie früher; seine Seelengröße und Bescheidenheit so echt wie vordem, als er die ersten Schritte zu seiner Abwegigkeit machte, sein tief gegründetes Selbstbewusstsein und seine Selbstsicherheit. Stets hat er an der richtigen Stelle Maß gehalten: in der Verachtung seiner Feinde wie in der stillen Belächelung seiner Vergötterer und Vergötzer; das Unmaß lag immer auf der Seite derer, die es gut oder böse mit ihm meinten: des Publikums. Ihn sachlich zu beurteilen, ist darum so schwer wie bei allen Großen; ihr Geist, ihr Einfluß, ihre Macht ziehen einen Bannkreis um uns, den man kaum überblicken, geschweige denn überschreiten kann; man kann beleuchten, feststellen; man wird versuchen, richtig zu stellen; damit ist am Ende genug getan, und man bescheidet sich damit.

Basel, die Vaterstadt Böcklins, hat ihm zu Ehren eine Ausstellung seiner Bilder veranstaltet, die unter neunzig Stück etwa fünfzig Meisterwerke zeigt: eine ebenso bewunderns- wie dankenswerte Sache, bedenkt man, wo überall in allen Windrichtungen die sorgsam gehüteten Bilder des Künstlers zusammenzusuchen waren. Sie soll ein Bild seiner Entwicklung und seiner Bedeutung geben. Der Bedeutung, ja; um ein richtiges von seiner Entwicklung zu geben, dafür fehlen, meines Erachtens, viele Stücke, besonders Landschaftliches, aus seinen Übergangsjahren. Träte man z. B. in der Ausstellung aus dem dritten Saal, dem der Jugendarbeiten, in den mittleren, so fände man es einfach unglaublich, ja fast unmöglich, daß ein und derselbe Mann so Verschiedenes schaffen konnte: gequälte, farblose Porträts, dilettantische, geringwertige Landschaften, kaum eine freiere Handzeichnung, die schon die Klaue zeigte. (Was bedeutet u. a. das Porträt Lenbachs aus Böcklins 33. Jahr; wie Großes dagegen aus seinem 31. schon das Gemälde:»Jagd der Diana«!) Einen Übergang könnte hier in etwas höchstens der frei und groß aufgefasste, einfach gemalte Kopf eines Römers machen; aber selbst der erste Saal, der eigentlich die Brücke bilden soll, zeigt schon zu reife Werke, um die Autorschaft eines Künstlers für die Bilder jenes und dieses Saales glaubhaft erscheinen zu lassen. Im Mittelsaal vollends, dicht neben jenen Versuchen, hängen, um nur die wichtigsten Namen zu nennen:»Spiel der Najaden«,»Venus genitrix« (Triptychon),»Sorge und Armut«,»Pietà«,»Vita somnium breve«, »Prometheus«,»Flora«,»Hochzeitsreise«,»Sieh, es lacht die Au«,»Heimkehr«,»Polyphem und Odysseus«,»Fischende Pane«,»Susanna im Bade«, zwei Selbstporträts und das Bildnis von Frau Böcklin; im ganzen Werke aus den letzten zwei Jahrzehnten, während der erste Saal solche vom Ende der Fünfziger- bis Ende der Sechzigerjahre enthält: den düsteren Gotenzug, so gewaltig, wie keine Historienmalerei uns ein Bild jener Zeit gibt, einen büßenden Anachoreten, ein herrliches Weibsbild»Est est«, eine Villa am Meer, so farbig, daß die beiden gleichen der Schack-Galerie ganz bleigrau dagegen erscheinen, die ganz tizianische Venus mit Amor, das ergreifende Lied vom Heimweh»Odysseus und Kalypso«,»Die Heilige Muse« und die sehr sinnenfrohe »Muse des Anakreon«, den weihevollen»Heiligen Hain« (Feuerpriesterinnen), eine Flora, eine Venus Anadyomene (beide lebensgroß), die von Piraten überfallene Burg im Meer, den elementaren Centaurenkampf, humorvolle Faun- und Nymphenbilder und eine barocke»Idylle am Meer«.

Diese an sich wenigen Namen zeigen gleichwohl die ganze Bedeutung Böcklins und den weiten Umfang seines Schaffens, bei dem eigentlich kein Stoffgebiet ausgeschlossen ist, es wäre denn das Genre (gewöhnlichster Art); dieses nämlich hebt er, wo er es überhaupt berührt, immer ins Typische, ins Symbolische, ins Allgemein-Menschliche herauf:»Die Hochzeitsreise« z. B. und »Die Heimkehr«. Historie, Fabel, christliche Legende und christliches Drama, großes Epos (»Piratenüberfall«), Lyrik, Hymnus (»Frühlingsbilder«,»Heiliger Hain«), Allegorie, Mythologie, Liebes- und Weinlied, Volkslied (»Heimkehr« nach dem Gedicht »In einem kühlen Grunde«) – sie alle sind behandelt, sogar – das Porträt... Sogar das Porträt.

In seiner Stellung nämlich zum Porträt als solchem gibt Böcklin gleichsam einen Maßstab für die Höhe und Weite dessen, was er unter einem Kunstwerk versteht. Er läßt das Bildnis nicht als Kunstwerk gelten – wie viele Meister er mit dieser Wertung auch gegen sich hat. Zweifellos, weil er im Porträt Stimmung, Handlung, Poesie – den Grundgehalt seines Schaffens, die Grundforderung höherer Kunst, wie er sie versteht – vermissen muß. Das Bildnis ist ihm bloße Nachahmung des Modells, d. h. der Natur; es ist ihm der »Einzelfall«, der für ihn keine Bedeutung im Verhältnis zum Ganzen hat; es ist ihm die »Person«, nicht der »Mensch«; das Sichüberheben des Einzelnen über das Ganze, über die Natur, das an sich so unbescheiden, wie im tieferen Grunde unmöglich ist; eine Art Selbstmonotheisierung des Menschen, die ihm, dem Pantheisten, gegen den Geschmack gehen mag. Schon in seiner Weimarer Zeit hat er mit Lenbach diese Frage durchgestritten und jenen (wie dieser selbst erzählt) auf Irrwege, d. h. von seiner Grundbegabung und Bestimmung abgetrieben. Wollte Böcklin mindestens Symbolik im Porträt, so verlangte Lenbach einzig Charakteristik, Persönlichkeit, Individualität. Dazu braucht er den neutralen Hintergrund, auf welchem jede Form, jede Linie, jede Farbe Bedeutung bekommt; auf nicht neutralem Grund, also in der farbigen Landschaft, kann der Kopf des Porträtierten nur den Wert eines Farbflecks haben, der der ganzen Stimmung harmonisch eingeordnet werden muss, mag er dabei auf die Führung behalten.

Lenbach macht damit ein C'est moi, eine Wichtigkeit aus dem Einzelnen, Böcklin aus dem Einzelnen eine verhältnismäßige Unwichtigkeit, eine Bescheidung, aus dem Ganzen dagegen eine Bedeutsamkeit, a u f das Ganze einen Hymnus.

Zweifellos hat dabei jeder nur seine Hauptbegabung verteidigt und eine Domäne daraus gemacht; die Technik kann bei dieser Wertung nicht in Anschlag gebracht werden; sie wird als nötiges Erfordernis des Künstlers behandelt, als Sache des Handwerks, die überwunden werden muss; die Anschauung bleibt alles. Böcklin aber verteidigt das Umfassendere, Lenbach das Beschränktere; und sicher ist, daß, neben jenen gehalten, dieser fast als Spezialist erscheint...

Daß er gleichwohl Porträts schuf, entsprang wohl seinem Zug zur Universalität, tiefer genommen: seiner Lust an der Erscheinung; indes wirkt sein Drang zum Typischen auch beim Porträt durch. Das Bildnis z. B. seiner Frau erhält durch das antike Gewand und den Lorbeer eine weitere Bedeutung denn als bloßes persönliches Porträt; auch seine Selbstporträts sind in Handlung oder in Stimmung gegeben. Zugleich steigerte er aber durch das Porträt auch seine übrigen Stoffgebiete und einige Noten im Wert, gleichsam – und vielleicht mit Absicht, sicherlich aber instinktiv – durch Kontrast, ein Wirkungsmittel, mit welchem er in Technik, Linie und Farbe so meisterhaft umgeht.

Schon nimmer als Porträt wirkt sein Selbstbildnis mit dem fiedelnden Tod; es ist ein Kunstwerk höherer Bedeutung und eines der tiefsten aller Zeiten. Böcklin in der Reife seiner Jahre, den farbgefüllten Pinsel und die reiche Palette in der Hand, lauscht aufmerksam und sinnend dem Lied, das ihm der Tod hohnlachend auf der letzten Saite seiner Geige aufspielt. Das Auge des Künstlers ist durchgeistigt; es schaut in dem grausigen Augenblick Bilder und Visionen, die es das Herz zu schaffen und festzuhalten drängt; es schaut sie mit ungeheurer Ruhe und Zuversicht, mit stiller Verachtung des so nahen Todes. Es scheint voll sicheren Vertrauens zu sagen, der Knochenmann komme noch zu früh, und wenn nicht zu früh, so doch vergeblich im Hinblick auf das, was der Künstler Unsterbliches schuf und was er noch schaffen wird, bevor dem Tod auch noch die letzte Saite reißt. – Wo ist in einem Werke gleicher Schauder und gleiche Ruhe, gleiche stille Todes- wie Lebensverachtung, gleiches Kraftvertrauen und gleiche Schaffenslust, wo – im Ganzen – gleiche Ironie geschildert? Wie christlich, wie sehr als ewiges Memento mori wirken nicht dagegen die Porträts mit dem Tode aus den deutschen Schulen des Mittelalters: unaufhörlich die häßliche, demütigende Mahnung an die Kürze und die Eitelkeit des Lebens! Und hier? Nichts von dieser einseitigen Gedrücktheit; vielmehr erscheint das Bild, je länger man es anschaut, je mehr als eine stille, großartige Satire gerade auf jene anderen. Angesichts des Todes spricht es vom Schaffen. Du redest vom Sterben; ich aber verkünde das Leben, ich preise es, ich lebe, denn ich schaffe! – sagt Böcklin. Er ist deutsch u n d antik mit dieser Auffassung; jene alten Meister mit der ihren sind nur deutsch. Er gibt mit diesem Bild eine Lebens-, eine Weltanschauung; er weist damit auch schon auf seine Kunstanschauung hin. Meister seines Schicksals und voll Vertrauen darauf, ist er auch Meister seiner Kunst und geht voll Vertrauen seinen Weg.

Seine Kunstanschauung ist bereits in seiner Wertung des Porträts gegenüber weiteren Stoffen angedeutet. Sie geht von der Lust an der Erscheinung aus und hat die Darstellung des ganzen Lebens in seinen typischen Formen zum Ziel: Universalität also in einer Kunst – in der bildenden. Lebens- und Weltanschauung – oder Ideen – scheinen mir in Böcklins Werken durchaus sekundär; sie dienen, sie entstammen der Freude an der Erscheinung. Und dies in Formen wie in Farben. Es reizt ihn z. B. die Darstellung einer Theatergebärde, wie die der trauernden Magdalena (in der

Kreuzabnahme wie in der Beweinung Christi); er verfällt, um sie anbringen zu können, auf diese Legende. Feinsinnig genug; denn er fand diese Gebärde typisch nirgends in seinem so bevorzugten Heidentum noch etwa im germanischen; sie ist echt orientalisch, sie ist fast spezifisch christlich. Das Typische dabei im weiteren Sinne gibt das Drama Christi, die Tragödie des Genies im allgemeinen ab. Oder der grausige Schmerz der Mutter über den Tod ihres Sohnes und zugleich der ehrfürchtige Schauder bei der Berühung des geliebten Toten: Beides bietet ihm die christliche Legende – und wiederum typisch. Die edle, ehrfurchtsvolle Gebärde der Naturanbeter fand er so rein und so groß nur im griechischen Heidentum, die straffe und gestählte Haltung des Helden und Abenteuerers in den Gemanenzügen; die feine Anmut weiblicher Linien bei Venus und den Musen; die plumpe, polternde Gebärde bei Faunen und Satyrn, die vertrackte, barocke in seinen Meerfabelwesen, die sehnsüchtigere, rätselhafte in den Weibern seiner Frühlingsbilder.

All dies nicht nur auf die Linie, sondern auch auf die Farbe anzuwenden: Er giert nach a l l e n Farben; sie alle bietet aber nur das ganze Leben; also …! Unter- oder eingeordnet werden die Kontraste, der Wirkung halber. Die Farben werden nicht einseitig etwa nur in ihrer Höhe oder Tiefe angewendet, sondern in allen Abstufungen jede. Verschiedene Kombinationen in einem Bilde wirken vertiefend, erhöhend oder machen wett; doch vermeidet Böcklin, wenigstens in wichtigeren Partien des Bildes, das unmittelbare Nebeneinander der Komplementärfarben. Er setzt irgendwo ein höchstes Rot – reinen Zinnober – mildert oder steigert es sodann – je nach Bedarf – z. B. durch stärkstes Blau – reinen Kobalt; bei der Durchführung der ganzen Rotskala endet er in der Tiefe mit Violett, das an Blau anklingt und nach dieser Skala ruft, die dann emporgetrieben wird bis zum hellsten Blau, dem (ungemischten) Weiß. Gelb zählt zur Skala des Rot, Schwarz zu Blau. Grün ist Mischfarbe und erhält je nachdem durch Blau oder durch Rot seine nötige Stufung.

Um alle diese Farben aufführen zu können, hat er in jedem einzelnen Werk eine Menge Wesen und Objekte als deren Träger nötig; jedes wird, seiner Bedeutung gemäß, stark oder schwach betont, aber alle mit gleicher Liebe durchgeführt. Man erkennt an der Pinselführung die intime Freude, die er an jedem Gegenstand im Bilde hat: Da ist er ganz Homer. Die Beziehungen all dieser Objekte zueinander ergeben dann Stimmungen, ergeben Handlung; und dadurch entsteht immer ein Leben, ein Reichtum an Gestalten, Bildern, Symbolen, Gleichnissen, Taten wie in einem Gesang Homers oder einem Shakespeareschen Drama.

Auch die Mannigfaltigkeit der Linie wird vom Künstler sehr gepflegt; er weiß, daß sie den Wert des Rhythmus in der Musik besitzt und wie jede Änderung in ihr den Rhythmus des Bildes steigern oder mildern kann. Wie die Farbe, so wird auch sie als Symbol gefaßt und so nach Bedarf gewertet; eine selbstverständliche, fast grob-greifbare Sache für den, welcher der sinnlichen Bedeutung des Wortes in der Sprache nachzugehen weiß und nichts als abstrakt, als geistig oder fein-symbolisch nimmt, was nicht zuvor während langer Zeit grob-sinnlich gefaßt wurde.

Die Wirkung durch Kontraste geschieht meist dadurch, daß alles womöglich auf Silhouette, und zwar auf dunkle wie auf helle Silhouette, berechnet ist: die Form, die Gestalt also als Ausschnitt auf einem entgegengesetzten Farbwert; z. B. in »Odysseus und Kalypso« der dunkle (wie eine Erzstatue) ragende Körper des Odysseus auf heller Luft; der helle, fast weiße Leib Kalypsos gegen dunkles Felsgestein. Ähnliches in »Poesie und Malerei«. Dabei sind die Formen der Objekte, besonders die Umrisse so scharf und individuell gepackt, als wären sie auf neutralem Grunde, z. B. auf feuchtem, grauem Himmel gesehen; erst im Bilde werden sie mit Luft umgeben, wie es die Harmonie eben verlangt. Hier blickt der Plastiker heraus …

Selbst in den Gestalten wirkt er gern durch Kontraste, natürlich nur in humorvollen oder in barocken Bildern: plumpe Faune neben weißen, zarten Nymphen; dunkle athletische Tritonen neben feinen, aristokratischen Nereiden. Mit vorwiegend einer Stimmung, einer Linie (der Parallele z. B. in Ebenen), einer Farbe (nur durch Grau nuanciert) und vorwiegend o h n e Kontraste – wie es viele Moderne lieben und preisen – arbeitet Böcklin nicht, als mit Einseitigkeiten natürlich, die er nicht ihrem Reichtum an Können und Wollen auf die Rechnung setzt, sondern ihrer Armseligkeit – die sich aber gleichwohl gern zur Tugend stempelt. So gibt er auch nicht in einseitiger, fast als Tendenz wirkender Schilderung das Leben irgendeiner Menschenklasse wieder; er fand Sorge und Armut, Poesie und Humor, Schmerz und Freude, Trauer und Frohsinn überall; er hat sie nebeneinander in seinem Schaffen gegeben, als Kontraste, weil sie im Leben als Kontraste wirken. Sichtlich oder gar absichtlich bevorzugt ist keines, auch keine Lebens- oder Weltanschauung mit Wissen und Willen daraus gemacht; er predigt nicht; er schildert, er schafft. Hat er in seinem umfänglichen Schaffen christliche Tragik und Demut neben antiker Lebenslust geschildert, so geschah es auch nur des Kontrastes wegen; die eine Weltanschauung verstärkt die Wirkung der entgegengesetzten.

Man hat immer Böcklin vor anderen Malern als Dichter gepriesen; ein Hauptlob. Worin aber liegt die Stärke des Dichters? Man sagt, in seiner Phantasie und spricht von der überströmenden Erfindungs- und Gestaltungskraft. Mir scheint der Urgrund des Dichters, des Dichterischen nicht so sehr in der Phantasie zu liegen als in seiner Erinnerungsfülle. Erst die Erinnerungen machen den Dichter, machen den gemütstiefen Künstler überhaupt. Sie können, je nachdem sie in der Jugend gespeist wurden, auch die Phantasie ausmachen. Nicht die Erinnerungen, über denen man tränenselig Taten, Leben und Gegenwart versäumt, nicht die, welche unverdaut und unverdaulich uns immer wieder aufstoßen, sondern die, welche dem Kindergemüt langsam, fast ihm unbewußt eingeprägt worden sind, die nie darin erlöschen, sondern leuchtend und wärmend fortleben, so daß sie alles später Erlebte mit mildem Glanz durchscheinen und vergolden. In den Entwicklungsjahren gehen diese Erinnerungen dann für den Künstler verloren, vielmehr sie erliegen dem Druck des Lernens, des harten Handwerks; sie treten zurück vor dem weiten Ausblick nach Zielen, vor der Kälte des Lebens, die den Künstler anzuwehen beginnt. Dann tritt die Ruhe des Mannesalters heran; der Künstler fühlt sich Meister seiner bildenden Hand. So auch Böcklin. Aber das Leben in seinen Erscheinungsformen stößt ihn ab; er verkriecht sich in seine Seele, er sucht Wärme in der Kammer seiner Erinnerungen. Erst durch diese sieht er jetzt die Formen des Lebens goldener, versöhnlicher; langsam statt zu schwinden, wächst die Macht und der Schatz der Erinnerungen, sie mischen sich mit dem Neuen, das auf ihn eindringt; sie geben ihm anderes Maß, anderen Bezug. Alles wird durch sie runder, voller, reicher; alle Vorgänge im Leben sieht er mehr und mehr als Märchendinge; was noch nicht Person ist – Bäume, Wald, Wasser, Quellen, Wolken – wird belebt; es muss belebt werden; denn neben dem Drang der Erinnerungen treibt der des Schaffens und Gestaltens, und bald sieht der Künstler, daß ihn die Fülle des zudrängenden Stoffes erdrücken möchte, und er sucht, wählerisch genug jetzt, nur das Größte und das Liebste aus…

Dann spricht man vom Künstler – wie es Böcklin passierte –, er sei Romantiker. Er fliehe in eine »andere Welt«. Daneben aber preist man mit tausend Trompeten Eigenart, Individualismus in der Kunst aus, verlangt von jedem Künstler eine eigene Welt und bedenkt dabei nicht, daß diese »andere« Welt gerade des Künstlers eigene und eigenste ist, die ihm kein Prediger des Individualismus, kein »modernes Leben«, kein reales Anfassen der neuesten Probleme in gleicher Pracht, in gleichem Reichtum geben kann! Auch das Ewige in seinen Werken übersieht man ob dem tölpelhaften Wort Romantik und versteht nicht zu unterscheiden zwischen der Romantik, die aus schwachem Herzen stammt und dem ewigen Schaffen des reichen Herzens, das alle Zeiten umfaßt, das alle tiefen Erlebnisse kennt.

Und aus diesen tiefen und reichen Erlebnissen entspringt die Tiefe und der Reichtum, auch der Anforderungen ans Leben und der Geschenke, die ein Künstler in seinen Werken der Welt gibt. Farben und Formen sind Erlebnisse. Volle Farben und Formen, edle, ernste und heitere Linien, wer kann sie wieder wollen, wer wiedergeben, als der sie in der Jugend in sich aufgenommen? Ererbt, erworben, erlebt! Sie sind so schließlich – Leib geworden. Der immer nur Kleinheit, Neid, Feigheit, Elend in seiner Jugend um sich sah, wird nie echt farbenprächtig malen; er wird ein böses, ärmliches Grau nicht los, und will er's verbergen, so greift er zur Pose, zu großen Mänteln, zur Theatralik; wahr und echt kann er nur sein Erlebnis geben. Und Böcklin gab's.

Der Vorwurf gegen Böcklin als einen Romantiker ist so eng als töricht und ungerecht. Man sage doch nur, wo er mit seiner angeborenen Farbenliebe heute hätte hin sollen, wo das höchste Feierkleid der schwarze Anzug oder die geschmacklos bunte Militäruniform ist, wo jedes Haus grau gestrichen ist und jeder Baumstamm kalkweiß. Anton v. Werner hat ja den Weg gezeigt ... Böcklin aber mußte, wenn anders sein ganzer innerer Wert und Reichtum nicht verloren gehen sollte, was ihm der Neid ja gern gegönnt hätte, ins farbige Altertum zurück oder doch in Zeiten, die der Kritiker auf ihre Farbe und Form nicht so genau kontrollieren kann, wie das Heute ...

Aber mehr. Nahm der Künstler nicht sein Köstlichstes: seine Landschaft, sein Weibideal, seine Männertypen aus der Gegenwart, ebenso wahr und echt wie etwa ein Uhde oder einer der Worpsweder? Wo hätte er die plumpen Faune mit ihrem blechernen, meckernden Lachen sonst gefunden als unter Schweizer Hirten; wo seine edlen Männer sonst als in Italien? Und der Typus des vornehmen Weibes, das er malt, stammt aus Basel, seiner Vaterstadt. Leibhaftig wandeln dort diese aristokratischen Mädchen und Weiber umher, durch die er uns das antike Weib so anschaulich wie eigenartig und lebendig näher führte und doch zugleich mit all dem Rätselhaften, das jene Zeit noch für uns hat. Auch er scheint, wie jeder, der Basel zum erstenmal sieht, diese Typen unauslöschbar in sich aufgenommen, auch er das Geheimnisvolle hinter ihnen gewittert zu haben – wie hätte er's sonst so meisterhaft auszudrücken vermocht? Diese Geschöpfe in seinen Frühlingsahnungen – ahnungs- und geheimnisvoll selber wie der Frühling; diese verhaltene Lebensfreude und Kraft in ihnen; diese Sehnsucht nach Lebensgenuß, die sich selbst in Schranken hält und immer doch fragt: Warum? Immer hofft und fühlt, es geschähe zum eignen Glück, indem sie dadurch des kommenden Genusses freudiger, würdiger würden. Diese stillen aristokratischen Mienen, dieses Rätsel auf den Gesichtern. Sie machen, wie die lebenden vornehmen Baslerinnen, immer den Eindruck, als sprächen sie nie; als wäre das Reden für sie das Preisgeben eines hohen Geheimnisses; ein leeres, unnützes Schwatzen über einen ungeheuren Verlust, den sie einst erlitten; als gäbe es Größeres, Würdigeres als das Sprechen oder als wäre es ihrer aller nicht angemessen, zu Menschen einer Zeit zu reden, die in einem so grauen Leben wandeln und die nicht in der Tiefe ihrer Seelen noch die Tradition einer aristokratischen Vergangenheit heilig hüten. Als hätten sie Trauer im Blicke, weil ihre herrliche Stadt mit eins ihr ganzes Antlitz verändern und verkehren konnte, und als lebten sie im Puritanismus nur wie unter einer den Atem beengenden Maske, die sie einst um so heiterer und freier wieder von sich würfen, wenn die frühere Herrlichkeit für ihre Stadt wieder anbrechen würde. Schweigende, vornehme Häuser mit geschlos-

senen Läden; verschwiegene, schweigende, sehnende Herzen...

Karl Spitteler

Olympischer Frühling

Epos in drei Teilen

Spitteler ist grausam wahr. Und vielleicht gegen niemanden mehr als gegen sich selber. Er kommt eines Tages zu der Erkenntnis, daß seine eigenste Begabung die zum großen Epos (im homerischen Sinne) sei. Da beginnt er zu verachten, was er bis dahin geschaffen; es gilt ihm gerade noch als Naturstudie und als Vorübung für seine größeren Ziele. Und zu diesem macht er sich mit einem beispiellosen Eifer auf den Weg, und ganz uneingedenk der Schwierigkeiten, die seines Werkes harren. Oder dieser vielleicht sehr bewußt, ohne sich aber dadurch abschrecken zu lassen! Übersah er, daß alle Überlieferung des großen Epos abgerissen und verloren ist, beim Leser wie beim Dichter? Ich glaube eher, und ich denke, Spitteler nicht mißzuverstehen, daß erst die großen Schwierigkeiten ihn zu locken vermochten. Wo Welt und Leben seichter und selbstgenügsamer in ihren Aufgaben wurden, da begann er zu verachten, dann, da er doch zu stark und zu schöpferisch war, um unterzugehen oder an Leben und Kunst irre zu werden, sich selber Aufgaben zu stellen, so hoch, daß er an ihnen seine Kraft erprobte und stählte und seinem Künstlerleben erst einen Sinn fand. Dahin gelangt, mußte er, wie alle wahrhaft Hochstrebenden, des raschen äußeren Erfolges spotten – denn der war nicht absehbar – und wie Nietzsche heiter und mutig ausrufen: Trachte ich denn nach Glück? Ich trachte nach meinem Werke...!

Die Schwierigkeiten mußten für den Dichter gleich mit der Frage nach der Form und nach dem Stoffe beginnen. Dieser war heute – wenn ein bedeutender epischer Stoff überhaupt je aus der Gegenwart des Dichters zu nehmen ist

– weder in den politischen noch in den sozialen Zuständen irgendwie gegeben. Eine gewisse Entfernung zwischen Schöpfer und Schöpfung scheint mir erste Bedingung für das Epos. Der Schweizer mochte mit seiner engeren Heimat da noch schlimmer daran sein als etwa wir Deutsche. Sicherlich blieb für ihn, als für einen harten Realisten, alles an unseren Zuständen zu klein und auch zu spröde für eine tiefe und wirksame Symbolisierung, als welcher das Epos nicht entraten kann. Ein in gewissem Sinne Überzeitliches und Typisches konnte sich nur im tieferen eignen Erleben, das ins Weltbild ausgeweitet und gedeutet wurde, auffinden lassen. Wiefern das geschehen, mag später kurz berührt werden. Kam die Frage der Form. Aus innersten Gründen mußte sie, da die Prosa ausgeschieden blieb, notwendig einen fremden Rhythmus meiden. Kam so der sonst beliebte Hexameter nicht in Betracht, so hatte der Blankvers, der für das rascher vorwärtsdrängende Drama der ideale Vers sein mochte, für den epischen Schritt eine zu geringe Atemweite. Mit glücklichem Instinkt griff Spitteler zum Alexandriner. Und es hätte diesem keine würdigere Auferweckung geschehen können als eben durch dieses Epos. Der Alexandriner ist uns nicht nur durch den Nibelungenvers, sondern vielfach durch Goethe, mehr noch durch Heine – allerdings nur in der Lyrik und mit Zertrennung in zwei Verszeilen – lieb und ohrgerecht erhalten worden. Durch eine freie und fein abgewogene Cäsuierung hat ihm zum guten Glück Spitteler auch noch die Eintönigkeit genommen, die ihn dem Ohre widrigfallen ließ. Homer und Dante – da Spitteler doch mit diesen in Wettkampf tritt – taten sich darin weit leichter insofern, als sie einen längst eingelebten Vers nur zu strenger und konsequenter Anwendung zu bringen brauchten, um seiner Tauglichkeit und der angestrebten Wirkung gewiß sein zu können. Bei Homer gilt ein gleiches in Hinsicht auf den Stoff; die vielen Rhapsodien waren nur mit feinem Künstlergriff aufzugreifen und aneinanderzureihen: Das war das Schaffen des Genies, das dem der Natur insofern gleicht, als beide nicht stets von untenauf neue Formen erfinden und emporbilden, sondern auf den vorhandenen Entwicklungsreihen weiterbauen zu höherer Vervollkommnung. (So tat auch Shakespeare.) Dante machte die ganze ungeheure Arbeit selber und von vornan; Spitteler konnte von Dante den äußeren groben Aufbau nehmen: den Aufstieg vom Dunkel zum Licht; die Personen lieh ihm Homer, indes kaum mehr als gerade dem Namen nach; ihre symbolische Bedeutung und ihr Wirken sind Spittelers Eigentum ganz und gar; nicht minder die Handlung des Epos vom ersten Anruf durch Hades, der sie in der Unterwelt zu dem von Ananke angeordneten Aufstieg in den Olymp aufweckt, bis hinauf zum Wettkampf um Hera und zum Sieg über die allen widerstrebende Braut. Vollends eigen sind die neun Rhapsodien des dritten Teils, er ist betitelt:»Die hohe Zeit«, die aber mit den beiden ersten Teilen in äußerst losem, fast unerkennbarem Zusammenhang stehen. Gerade, daß noch einige Namen daran anknüpfen. Die»Auffahrt« aber und»Hera die Braut« sind streng geschlossene Kompositionen mit einem unaufhaltsamen, konsequenten Fortschreiten der epischen Handlung.

Der Dichter hat auf die Schilderung der Örtlichkeit ein ungewöhnliches Maß von Gewissenhaftigkeit, dichterischer Kraft und Anschaulichkeit verwendet. Wie bei Dante können wir die Örtlichkeit schematisch darstellen und illustrieren. Homer, der nicht, wie die heutigen Poeten, ein Landschafter ist, vielmehr seine Lokalität meist nur mit geographischem Namen und einem schmückenden Beiwort gibt, hat diese fast aufdringliche Schilderung nicht; das Gegenständliche gilt ihm mehr als das Landschaftliche: an ein Zepter, an ein Schild, an ein Gastgeschenk kann er, um ihnen unser Interesse zu erringen, eine ganze Geschichte hinverwenden; dadurch erreicht er eine weit größere epische Fülle als Dante und Spitteler, die mehr eine malerische Anschaulichkeit erreichen. Wer dabei der stärkere Erzähler ist, das ist keine Frage. Es kommt eben alles auf das Mittel an und darauf, ob dieses Mittel im Bereiche seiner Kunstgattung bleibt, wie bei Homer, oder einer andern entnommen ist, wie bei Dante und Spitteler – nämlich der Malerei. Aber wir sind – mag die Handlung dürftiger bleiben – dem Dichter schon dankbar für die klare Anschaulichkeit und genießen diese tief als fertige Kunst. Im »Olympischen Frühling« haben wir typische Schweizer Landschaft, von den tiefen nassen Schluchten, Wildbächen und Steinlawinengräben bis hinauf zu den sonnigen Matten und den heiteren Kuppen der Berge. Ich zitiere eine solche Stelle (»Auffahrt«, II. Ges.):

»Und weiter über weiche Matten, rauhe Riegen
folgten gesprächig sie des Berges luftgen Stiegen.
Da, unversehens, bot ein ungeschlachter Stutz
mit klotzgem Steingetrümmer ihrem Fortschritt Trutz
und statt des fröhlichen Lustwandelns jetzt begann
ein mühevolles Klettern durch Gestrüpp und Tann.
Erst ging's durch Krummholz, Ginster und Wacholder-
                                                    horst,
dann durch den Busch, hernach in einen Fichtenforst.
Und immer schroffer ward die Halde. Oft durchbrachen
den Waldpfad tiefe Nebel und zerrissne Krachen (...)
(...) und siehe da: Ein schauerlicher Graben,
ein scheussliches Lawinenbett, ein steinern Meer
fiel durch den jähen Waldhang schräg vom Himmel her.
Als hätten böser Geister teuflische Gewalten
mit Höllenzaubermacht den Berg entzweigespalten.
Granit und Schiefergneis, der Vorzeit weisse Knochen,
lag allerorts zutag, geschändet und gebrochen.
Gespenstige Mispeln hingen übers Tannenbord
und der gigantische Leichnam redete von Mord.
Kein ander Laut, als tief im Schachen Wasserrieseln,
ein Rascheln unterm Laub, ein Rasseln in den Kieseln.

(...)
Das ist die Spur, von wo Anankes Faust zerschmettert,
der Sturz der flüchtigen Götter in die Tiefe wettert.«

Ebenso scharf sind Vorgänge, Situationen und Symbole geschildert; ich erwähne den Eintritt der zur Weissagung auf-
gerufenen Sibyllen:

»Die Diener schlossen grausend auf die Gittertür,
Darunter schossen die Sibyllen jach herfür.
Auf Sockenschuhen gleitend in geschwindem Schritt,
umkreisten sie die Halle mit Hyänentritt.
Da plötzlich hemmten schnuppernd sie die Flucht.
Mit Zittern begannen leise wimmernd sie das Buch zu
wittern.
Kaum aber nahmen sie es wahr von Angesicht,
erschrak, gefror der Blick in ihrem Augenlicht.
Ihr Odem stand. Der Mund verzerrte sich; die harten
vom steifen Krampf verdrehten Muskeln starrten,
noch zuckte der erregte Fuss; dann, kalt und bleich,
verblichen sie gelähmt, für tot, Steinbildern gleich.«

Groß war die Gefahr des Dichters, bei der Schilderung der
Götter und anderer die Handlung unterstützender und be-
gleitender Gewalten in dürren blutleeren Allegorien stecken
zu bleiben. War doch für die ganze Handlung kein Mythos
da, den Spitteler hätte gebrauchen können: alles war von seiner Phantasie zu leisten, und nur in gewissen Vorgängen der
Natur und des menschlichen Treibens hatte er ein Modell.
Ich finde aber alles gut bewältigt und ein Bild hergestellt,
vollkommen klar die Vorgeschichte der homerischen Götter uns nahezubringen. Durch den manchmal fast kühlen,
aber immer erhabenen Ton der Dichtung, die eben sich allerdings mit einem erhabenen Thema beschäftigt, klingt
manchmal bittere Satire – z. B. in der Schilderung der sie-

ben Gefahren, die die Götter am Styx und im Tartarus erwarten; zuweilen lacht ein drolliger Humor hervor, wie am Schluß der grandiosen Wagenwettfahrt zwischen Apollo und Poseidon (»Hera«, IV. Ges.), wo nach der heiteren Schilderung des halbbetäubt im Bachbett liegenden Poseidon die letzten Verse lauten:

>Die Hand her, Bruder«, grüsste der verbundne Held;
»schlag ein! lass dich umarmen! ehrlich ist's gemeint!
Als treuer Freund verbleib ich herzlich dir vereint.
Du hast den Sieg – ein wenig zwar aus Zufall nur –
den Glanz, den Ruhm! Mir aber bleibt die Eigenspur,
das Ich, der Wildlingswuchs der Ungewöhnlichkeit!«
Apoll fiel ein: »Hab Dank für die Versöhnlichkeit.
Du redest Gold; der Glanz des fremden Ruhms ist
                                              Nickel. –
Doch wachs jetzt nicht so wildlings; denk an deine
                                              Wickel!«

Noch drolliger und derber humorvoll, gleich einer ganzen Reihe von Böcklinbildern, wirkt im dritten Teil des Epos (»Hohe Zeit«, V) die Rhapsodie »Poseidon mit dem Donner«. Im großen und ganzen natürlich ist der Ton streng und erhaben, dem Inhalt des Werks angemessen. Und so einheitlich im Stil, daß selbst Schilderungen modernster technischer Errungenschaften (z. B. die vom Reisewagen des Himmelskönigs und von seiner unterirdischen Fahrt) in solch zeitloser Erzählung nicht im geringsten als irgend unwahrscheinlich empfunden werden. Dieser so unbedenkliche wie unbedingte Realismus trägt mit seiner Kühnheit sogar zur Größe des Werks unmittelbar bei. Er geht parallel mit der modernen Weltanschauung, die Spitteler im »Olympischen Frühling« ausspricht und die der Ausdruck eines tieferen eigenen Erlebens, vielleicht seines trüben Dichterschicksals, ist, einem harten, wehen Pessimismus: die Welt beherrschen Gewalt und List; das Edle und Schöne unterliegt. Apoll, in allen Wettkämpfen Sieger, wird durch die betrügerische Gewalttätigkeit des Zeus um seinen Lohn gebracht. Hera wird die Gemahlin des Zeus, des hohlsten und windigsten Kämpfers im ehrlichen Wettkampf; sein Sieg ist durch Mord erschlichen; dem erzürnten Apoll, dem edlen und rechtmäßigen Besitzer Heras, zeigt der Listige seinen Mantel:

>Als einzigen Gruss hob Zeus den Aigismantel hoch:
>Apoll«, beschloss er düster, »meidest du mich noch?«
Und sieh: lebendge Tropfen roten Blutes troffen
innen vom Mantel, aussen starrten Augen offen,
dazwischen tönt es wie von kindlichem Gewimmer,
und beide aufgesperrten Augen tränten immer.
(...)
»Dies ist mein Herrschermantel und mein täglich Hemd,
auf ewig unabwerfbar mir ins Fleisch geklemmt.«

Apoll, bis zuletzt, wie es seine Natur ist, noch edel und hochgesinnt, kämpft nicht an gegen den Weltlauf; er vergibt Zeus, der mit ihm die Herrschaft teilen und ihm Freundschaft anbieten will, und anerkennt ihn als eine Kraft, eine Macht:

»Vom Bösen bist du, Unhold, aber gross und wahr!
Die Freundschaft schlag ich aus, das Bündnis nehm ich
dar.
Er sprach's. Mit diesem schieden friedlich und versöhnt
er, der die Welt beherrscht, und der, der sie verschönt.«

Edel und hochgesinnt, wie es seine Natur ist. Aber vielleicht ist es mehr als das. Vielleicht ist es das furchtbare Wissen Apolls um die Wahrheit: Nicht nur Schicksal ist alles; alles wie es ist, ist Notwendigkeit. Bei Homer noch waltet, über den Göttern thronend, mit ihren blinden Schlüssen Moira;

das konnte Schicksal, Unerforschlichkeit, Zufall heißen, das
da herrschte: Bei Spitteler ist es Ananke, die Notwendigkeit,
(Bezeichnenderweise hat der Dichter Ananke zu einem Mann
gemacht.) [...]
Und eine Art ewiger Wiederkunft wird, zugleich mit dieser Anschauung, gepredigt in den tiefen Worten des Sehers
Orpheus (»Auffahrt«, II. Ges.):

>»In jenem Stein, in jenem Felsen kann ich's lesen:
eh dass ich war, so bin ich früher schon gewesen.
Hei! wie das Bild sich klärt! wie Licht an Licht sich setzt!
Am Anbeginn der Welt, da steh ich grausend jetzt.
Wie sie geschah, woher des Übels Ursprung sei,
verhüllt sich meinem Blick. Allein ich war dabei.
Ich war dabei! O Wunder über Wunder! weh!
Ich wittre Schöpfungsluft! Ich riech ein ewig Weh!
Ob Unglück, ob Verbrechen, will sich mir nicht weisen:
das Zarte unterliegt, und Ohnmacht hat das Eisen!«

Diese wenigen Anregungen mögen genügen als solche und
beanspruchen nicht, ein Werturteil über Spittelers Werk zu
sein. Ich glaube aber, daß wir dem Dichter unrecht tun, indem wir so interesselos an ihm vorübergehen. In der Malerei werden die Schweizer anders gewürdigt; über sie geht
wenigstens Spruch und Widerspruch; ihre Poesie lassen wir
abseits liegen, als wäre sie mit Keller und Meyer zu Ende.
Und keiner wird mehr und ungerechter übersehen als gerade Spitteler. Jedes Novellchen und Skizzchen eines Modernen preist man als eine Tat aus; den ungewöhnlichen Mut,
heute ein Epos zu schreiben, und die Kraft, es so zu bewäl-
tigen, wie es hier bewältigt ist, den wagt keiner zu rühmen!
Rächt sich vielleicht heute an Spitteler Novelle und Roman,
die er nicht als epische Poesie gelten läßt und die er Klatsch-
literatur zu nennen sich erkühnt hat? (...)

Mutter Ajas Briefe

Fliegt mir da in der Öde des Werktags und in seine fiebrige Hast hinein ein Buch, recht wie ein Geschenk vom blauen Himmel herab, und wie ich denke: da kann nur Gutes herkommen, und es besehe, so sind es Mutter Ajas Briefe, eine Sammlung im Umfang des Alten Testaments, und nun mag ich sie nimmer aus den Händen legen: Sie ist mein Brevier. »Die Briefe der Frau Rat Goethe« – so lautet der Titel – »gesammelt und herausgegeben von Albert Koester« (Verlag von Carl E. Poeschel, Leipzig). Zwei ziemlich starke Bände sind es. Und alles darin, was von ihr an Briefen aufzufinden war. Vorn eine gelehrte freundliche Einleitung und zum Schluß, zum Ergötzen von Forschern, Sammlern und Schnüfflern, die Angabe der Aufbewahrungsorte und an die 70 Seiten Anmerkungen. Der Herr Professor muß auch was dazugetan haben; die Hauptsache hat die Frau Rat getan; der Verleger war freundlich splendid und sorgte für eine einfache, aber solide und geschmackvolle Ausstattung, die der guten Briefschreiberin gewiß selber Freude gemacht hätte. Sie war darin recht heiklen Geschmacks und ließ oft genug Neigung und Abneigung gegen Bücher davon abhängen. Sehr verständnis- und liebevoll finde ich auch die Beibehaltung der Rechtschreibung – wenn dies Wort erlaubt ist. Man muß die Herzensergüsse dieser Mutter in der alten verschnörkelten, oft wohl recht eigensinnigen, aber immer kräftig-heimeligen Form genießen, in der sie niedergeschrieben sind; die Einrenkung in die heutige Paraderechtschreibung, die keinen Buchstaben zu viel, aber auch überall nur korrekte Sachlichkeit gestattet, würde ihre Wirkung beeinträchtigen und ihnen das seltsame Aroma rauben, die Eigenart, die sie für unser Ohr und Auge haben...

Merkwürdig, wie schnell uns diese Briefe in ihren Bann ziehen! Ich für meine Person kann gewiß sagen, daß nicht philologische Neigungen mich zu ihnen hinführen; auch nicht die Absicht, die Mutter am Sohne neugierig zu messen oder den Sohn an der Mutter. Das Gegenständliche und das rein Persönliche darin reizt mich: das Porträt der Frau. Und das Porträt auch der Landschaft, der sie angehört. Denn diese frohe Sonnigkeit ist Main- und Rheinlandschaft; da fließt behäbig und stolz der Fluß dahin, und über ihm grüßen die Rebenhügel herab. Und wir selber sind bei dieser lebhaft-liebevollen Frau im alten weiten Hause behaglich zu Gaste und möchten jeden hereinrufen; hier dürfe keiner vorübergehen, wo man noch so lieben könne, so lieben müsse. Und sie kennt ihre Gäste, die gute Mutter Aja. Und sie redet jeden in seinem Stile an und scheint darauf bedacht, diese seltsame Rücksicht auf Person und Neigungen nie außer acht zu lassen. Man möchte meinen, daß sie jeden dieser Briefe zuvor lange im Herzen getragen und gemodelt habe, und doch erscheinen sie alle frei von jeder schriftstellerischen Bewußtheit, Absichtlichkeit, Berechnung. Ob man aber dieses Eingehen auf Person und Gegenstand, diese Zusammenpassung von Inhalt und äußerer Technik Stil nennen wird? Im alten Sinne gewiß; heute hieße man es vielleicht tadelnde Anpassung, Unterordnung, Mangel an Eigenart und starkem Persönlichkeitsbewußtsein. So ändert sich mit den Zeiten jede Wertung.

Das eben Gesagte wird der Leser bestätigt finden, wenn er den Ton und Inhalt der verschiedenen Briefe vergleicht. Und es bietet einen großen Reiz, zu sehen, was der Sohn alles von der Mutter überkommen hat: von der bekannten Frohnatur und Lust zu fabulieren bis zu jeder Eigenschaft, welche wir aus seinem Tun und seinen Werken kennen: die Fähigkeit, in der engenden Hofluft zu atmen und doch der freieste Weltbürger zu sein; sein Empfinden in jede Breite und Tiefe zu treiben; sein Verstehen nach allen Seiten zu dehnen und nichts in der Welt zu finden, was er in sich selber nicht fände, nicht verstände, nicht aller Schuld entkleidete. Freilich: Seine Werke sprechen offener und bewußter aus, was wir in diesen Briefen nur im Keime entdecken. Frau Aja hat es hingeschrieben, unbewußt und unbekümmert darum, was aus diesen zarten Pflänzlein werden wird. Oder sollte sie doch dann und wann in stillem Mutterstolze darüber sinniert haben? (Ich werde später einige schöne Briefstellen anführen, die darüber ihre Meinung geben.) Sicher ist nur, was wir erst heute erkennen, daß die erstaunlich reiche Physis dieser Frau in ihrem Sohne nicht nur ungeschmälert weiterwirkt, sondern durch ein rätselvolles Wohlwollen des Schicksals außerordentlich gesteigert erscheint. Bis hinauf zu jener Rede- und Schwatzseligkeit, welche die späteren Werke Goethes, insbesondere seine Briefe und Abhandlungen, zeigen, können wir Einfluß und Erbteil der Mutter erkennen. Wie denn die Künstler eben nur die Mischung ihrer Eltern sind, in ihren Vorzügen wie in ihrer Begrenztheit, und neben der hohen Gefühls- und Geisteskraft unter gegebenen Umständen auch Höcker und Schielauge in Erbschaft nehmen.

Keine Frage: Bei Goethe hat die Mutter weitaus das Übergewicht gehabt, als es galt, den Sohn auszustatten. Wie eine Ironie des Schicksals wirkt es, daß der Mann, dem der Sohn Statur und ernstes Führen verdankt, der alte Rat Goethe, der Hausherr und -tyrann, in diesen Briefen fast gar nicht zu Worte kommt. Er scheint, während Mutter Aja waltet, herrscht und plaudert, gar nicht da zu sein. Zuweilen nur klingt es wie brummend aus dem Ofenwinkel hervor: Auch einen Gruß von mir! Dann ist wieder alles still, und Frau Aja schreibt dann wohl in der Nachschrift – und meist nur in Briefen an die Herzogin Amalie: »Der alte Vatter empfihlt sich zu gnaden«, oder ähnlich. Aus dem Herzen der Mutter aber sprudelt es wie ein schwatzender Quell und ein glucksendes Bächlein, das unermüdlich durch die sonnigen blumigen Wiesen läuft und jedem Gras, das an seinem Wege steht, Erfrischung und Nahrung zuträgt. So ist der Einfluß

Mutter Ajas und die stille Herrschaft im Hause – ich meine ausdrücklich: die stille, die sie führte – beinahe bis ins genaueste abwägbar. Meßbar der Qualität nach bis ins feinste, ist er der Quantität nach noch kaum zu schätzen. Es gilt aber hier nicht, diese Dinge genauer darzulegen, welches Sache der Goetheforscher und der Biographen ist; ich bin auch kein Freund der Waschzettelmanie unserer Gelehrten und Kärrner, die den freiwüchsigen Stamm Goethe in wuchernden Efeu einspinnen, bis er uns unkennbar wird. Nur das gerade und unmittelbare Abstammen dieses Geistes von dem seiner kraftvoll-sonnigen Mutter möchte ich den Lesern zu studieren raten; die Lebensbeschreibungen geben allzusehr das Fazit und unterschlagen uns den feinen und aromatischen Reiz der Faktoren; sie sind die gerade Linie und der kürzeste Weg, während eben der krumme Weg, der Umweg, die reichere Ausbeute gibt und die Poesie bedeutet.

So betrachtet ist die Sammlung im Poesiebuch voll unerschöpflichen Reizes. Es ist in seiner Vollständigkeit endlich auch das Denkmal Mutter Ajas, von dem es in der Vaterstadt derselben so still geworden ist. Starke Seelen müssen ihre Arbeit allein tun:

»Hätt ich mir nicht selber ein Denkmal gesetzt,
mein Denkmal wo käm es her?«

Ich bringe hier noch einiges aus den Briefen selber; man versucht eben auf jede Weise, den Leser zum Anschaffen dieser Sammlung zu verführen, die am Bilde des deutschen Geistes die Ergänzung dessen ist, was die Briefe Bismarcks, Goethes und Luthers geben.

Auszug aus dem Brief 391. (An Goethe)

Diese Messe war reich an – Professoren!!!

Da nun ein grosser theil deines Ruhmes und Rufens auf mich zurück fält, und die Menschen sich einbilden ich hätte was zu dem grossen Talendt beygetragen; so kommen sie denn um mich zu beschauen – da stelle ich denn mein Licht nicht unter den Scheffel sondern auf den Leuchter versichre zwar die Menschen, dass ich zu dem was dich zum grossen Mann und Tichter gemacht hat nicht das aller mindeste beigetragen hätte (denn das Lob das mir nicht gebühret nehme ich nie an) zu dem weis ich ja gar wohl, wem das Lob und der Danck gebührt, denn zu deiner Bildung im Mutterleibe da alles schon im Keim in dich gelegt wurde dazu habe ich warlich nichts gethan – Vielleicht ein Gran Hirn mehr oder weniger und du wärstes ein gantz ordinerer Mensch geworden und wo nichts drinnen ist da kann nichts raus kommen – da erziehe du – das können alle Pilantropine in gantz Europia nicht geben – gute brauchbare Menschen ja das lasse ich gelten hir ist aber die Rede vom ausserordentlichen. Da hast du nun meine liebe Frau Aja mit Fug und Recht Gott die Ehre gegeben wie das recht und billig ist, jetzt zu meinem Licht das auf dem Leuchter steht und denen Professern lieblich in die Augen scheint. Meine Gabe die mir Gott gegeben hat ist eine lebendige Darstellung aller Dinge die in mein Wissen einschlagen, grosses und kleines, Wahrheit und Mährgen u. s. w. so wie ich in einen Circul komme wird alles heiter und froh weil ich erzähle. Also erzählte ich den Professoren und Sie gingen und gehen vergnügt weg – das ist das ganze Kunststück. Doch noch eins gehört dazu – ich mache immer ein freundlich Gesicht, das vergnügt die Leute und kostet kein Geld: sagte der Seelige Merck. Auf den Blocksberg verlange ich sehr – dieser Ausdruck war nichts nutz – man könnte glauben ich wartete mit Schmertzen auf den 1ten May – also auf die Beschreibung deines Blocksberg warte ich; so wars besser gesagt. Alle Freunde sollen gegrüsst werden. Obst die Hüll und die Füll, mein kleines Gärtgen hat reichlich getragen – zum Essen wars zu viel, zum Verkaufen zu wenig – da habe ich denn brav in Bouteillien eingemacht – Ich und Liesse Essen dass uns die Backen weh thun usw.

73

Aus Br. 383. (An Christiane Goethe)
16. May 1807

Da hat denn doch die kleine Brentano ihren Willen gehabt,
und Goethe gesehen – ich glaube im gegen gesetzten Fall
wäre sie Toll geworden – denn so was ist mir noch nicht vor-
gekommen – sie wollte als Knabe sich verkleiden, zu Fuss
nach Weimar laufen – vorigen Winter hatte ich oft eine rechte
Angst über das Mädgen – dem Himmel sei Danck, dass sie
endlich auf eine musterhafte art ihren Willen gehabt hat.
(...) Eine neue Probe ihrer Erfindsamkeit im sparen ist,
dass sie den alten schwarzen Lappen haben noch benutzen
können. Hirbey kommt auch die Wundergeschichte des For-
tunatus – ich habe mir die Geschichte zusammen gezogen,
alles überflüssige weggeschnitten und ein ganz artiges Mährgen daraus geformiert. Ja Liebe Tochter! der verwünschte
Catar und Schnupfen hat Ihnen mein Brillantes Talent Mährgen zu erzählen vorenthalten – Bücher schreiben? Nein das
kan ich nicht aber was andre geschrieben zu Erzählen – da
suche ich meinen Meister!!!
Diesem langen wohlstilisirten Brief (wozu ich schon die
zweyte Feder genommen habe) müssen Sie doch verschiedenes Ansehn – Erstlich dass Doctor Melber die Sache wieder
in Ordnung gebracht hat und durch seine Kunst die Ur-
grossmutter wieder gut geflickt hat – zweytens, dass da ich
mir den Taback wieder habe angewöhnen müssen, derselbe
seine Würckung besonders im fliessenstiel vortrefflich thut
– ohne ein prissgen Taback waren meine Briefe wie Stroh,
wie Frachtbriefe – aber Jetz! das geht wie geschmirt – das
Gleichnüss ist nicht sonderlich hübsch aber es fält mir gerade kein anders ein. Leben Sie wohl usw.
N. S. Dass das Bustawiren und gerade Schreiben nicht zu
meinen sonstigen Talenten gehört – müsst Ihr verzeihen –
der Fehler lag am Schulmeister.

199. (An Goethe)
den 10ten September 1793

Lieber Sohn! Habe die Güte innliegenden Brif an seine Be-
hördte abzugeben. Wie ich der Frau Gräfin von Gutten-
hofen ihr Banquier geworden bin, das mag der Schutzpatron
von Maintz wissen ich weiss es wenigstens nicht. Wenn Sie
mir aber nicht auf eine oder die andre art ein ¼ prozent in
die Ficke wirft; do dancke vor Ihre Kundschaft. Lebe wohl!
diss wünscht etc. (...)

Genug des Zitierens. Man hat zu viel Wahl und damit die
Qual. Obendrein gibt mir Herr Schäfer nicht weiter Raum.
Und ich würde nimmer fertig und geriete ins Lesen und
säße in der Stube oder im kleinen Gärtgen der Frau Aja und
vergäße des Tags und seiner Forderung: meiner Pflicht, zu
empfehlen und immer wieder zur Lektüre dieses reichen
Poesiebuchs zu ermuntern. Aber ich bin noch ganz von jener Zeit umfangen und weiß nichts anderes als: Es war einmal, da man noch Märchen erzählte und noch Briefe schreiben konnte. Und in diesen Briefen war ein ganzer Mensch
mit einem reichen Herzen und mit einem Himmel im Herzen und stand doch auf der festen Erde mit seinen Wurzeln
tief drinnen und mit der Krone in der Sonne. Das ist ja nun
wohl anders geworden!
   Nur eines noch: Der Eingang zu jener Welt ist nicht ver-
schlossen, man zahlt zehn Mark Eintritt, und will's einer
feiner haben – vierzehn. Das sind Preise für eine Hofoper
und für solche, die's haben. Aber Frau Aja hat ihre Briefe
gratis beigesteuert, die schenkende Mutter. Könnten Herausgeber und Verleger an solchem Tun sich nicht ein Beispiel nehmen? Ein bißchen wenigstens? ...

Farbige Plastik

Obwohl die Archäologen schon seit längerer Zeit den Beweis geliefert haben, daß die alten Griechen ihre plastischen Werke bunt bemalt haben, und zwar nicht nur etwa nur Stein-, Holz- und Terrakottaplastik, sondern auch Bronzeund Marmorskulpturen, so gibt es heute doch noch eine erkleckliche Zahl von Bildhauern, die nach dem Beispiel der Renaissancekünstler den Marmor als das edelste plastische Material erklären, dessen kostbare Reinheit und Weiße nicht durch Bemalung gefährdet oder beeinträchtigt werden dürfe. Wenn er für uns ein teures Material ist, so war er das den Griechen, die ihn reichlich nahe zur Hand hatten, nicht. Aus manchen Ursachen war ihnen vermutlich die Bronze kostspieliger, und doch haben sie mit der farbigen Behandlung auch vor ihr nicht Halt gemacht. Ihrem natürlichen Empfinden mußte, wenn schon die Natur nachgebildet wurde, Form und Farbe so unzertrennlich sein, wie sie sie am dargestellten Objekt beobachteten. Das Schlagwort von der »reinen Form«, das heute noch mit Bezug auf die Plastik in vielen Künstlerköpfen als Dogma gilt, war der Antike unbekannt. Wir wissen heute ziemlich sicher, mit welchen Farben die Griechen in der archaischen, dann in der Blütezeit und in der allmählich eintretenden Epoche des Verfalls ihre Skulpturen bemalt haben. Meist handelte es sich um eine ziemlich oder völlig unvermittelte Nebeneinanderstellung starker Deckfarben, besonders in der altertümlichen Skulptur, die (von Holz oder Bronze abgesehen) meist aus dem weichen Kalkstein, dem sogenannten Poros, hergestellt war. Die ungebrochenen Komplementärfarben, besonders Rot und Grün, erscheinen nebeneinander; auch wohl ein leuchtendes Blau neben stumpferem Rot. An einem bärtigen Manneskopf zum Beispiel war die Fleischfarbe rot, die Hornhaut (das sogenannte Weiß des Auges) weißgelb, die Regenbogenhaut grün, der Stern schwarz, Haar und Bart seltsamerweise blau. Begreiflich, daß solch ein Bildnis eine ganz andere und lebendigere Wirkung hat als etwa der völlig unbemalte Stein, bei dem auch noch die plastische Andeutung der Regenbogenhaut fehlt, die in dieser Form erst in der römischen Kaiserzeit allmählich auftritt, und zwar als Ersatz der nicht mehr üblichen Behandlung des Auges. Vielleicht standen diese Porosplastiken damals mehr im Freien oder ihre Wirkung war auf eine größere Entfernung berechnet; so nämlich lassen sich die unvermittelte Farbenzusammenstellung, ihre grelle Buntheit und die Anwendung der dichten Deckfarbe, die vielleicht zugleich den Stein gegen Witterungseinflüsse zu schützen hatte, eher erklären. Bei etwas später entstandenen Marmorfiguren – aus der Zeit des Bisistratus – ist die Skala der Farben schon viel feiner und dezenter: über einem roten Untergewand zum Beispiel ein gelbweißes, mit grünen und roten Mustern geziertes Oberkleid. Während an diesen auf der athenischen Burg gefundenen Frauengestalten die Deckfarbe noch gut erkennbar ist, bietet die erste Blütezeit (fünftes Jahrhundert v. Chr.) keine Werke, an denen die Farben in ihrer Zusammenstellung und in ihrer Wirkung zu sehen wären; wahrscheinlich waren diese Skulpturen bereits mit jener Wachsfarbe bemalt, von der einmal Plinius spricht und deren Technik – Ganosis = Wachsen – uns nicht bekannt ist. Aus dem Verschwinden der Bemalung ist aber zu schließen, daß diese Farben den klimatischen Einflüssen nicht standzuhalten vermochten, und hieraus wieder, daß die Werke sicherlich an geschützten Orten, in gedeckten Säulengängen oder in Tempeln, aufgestellt waren, bis der Untergang dieser Gebäude ihre Vernichtung herbeiführte.

Bekannter als diese Technik der Polychromie ist die der Zusammenfügung von Gold und Elfenbein geworden, die sogenannte chryselephantine Technik, die Phidias bei seinem olympischen Zeus angewendet hat. Man weiß darüber indes nicht viel Sicheres; zum Beispiel bleibt es noch strittig, ob auch das Elfenbein, in dem die Körperteile hergestellt waren, bemalt wurde, ferner ob das Gold matt oder glänzend war. Da diese Materialien indes einer sehr farbigen Umgebung koloristisch das Gleichgewicht zu halten hatten, so ist anzunehmen, daß in ihnen eine möglichst starke Wirkung angestrebt wurde und das dem Gold an Effekt nachstehende Elfenbein vermutlich eine rote Tönung erhielt.

Am belehrendsten für die Art der griechischen Polychromierung dürfte der sogenannte Alexander-Sarkophag sein, der in der Königsnekropole von Sidon gefunden wurde und im Museum zu Konstantinopel aufgestellt ist. In den vier Figurenfriesen (eine Alexander-Schlacht gegen die Perser und eine Löwenjagd darstellend) findet sich eine harmonische, aber durchaus nicht einfache Farbenskala. In der Figur eines griechischen Kämpfers zum Beispiel ist das Purpurrot des Mantels neben das Mennigrot des Leibrocks gebracht; dazu kommt noch das Gelbrot des Haares; an orientalischen Kostümen finden wir einen grünen Mantel mit blauen Ärmeln, die rot eingefaßt sind; die Hosen sind gelb; an sie stößt ein hellblauer, dunkelrot gestreifter Leibrock. Auch die Behandlung der Fleischtöne ist hier zu studieren, und wirklich ist in diesen Partien keine Deckfarbe wie bei den Gewändern verwendet, sondern eine Art durchtriebene Lasur, wahrscheinlich in den Marmor eingeriebenes Wachs, das teils heller, teils dunkler gelb erscheint und auch etwas Rötlich zeigt. Einige Köpfe, bei denen auch die Bemalung des Auges erhalten ist, sind von gewaltig lebendiger Wirkung, und es ist kaum zu verstehen, wie wir uns immer noch mit dem erloschenen Blick antiker Statuen zufrieden geben, ja ihn zum Teil in unsern eignen Skulpturen noch nachahmen können.

Es ist eine sehr interessante Frage der Kunstgeschichte, welches die Ursache gewesen sein mag, daß allmählich die Einfarbigkeit in der Plastik aufkam. An ein plötzliches Aufgeben der Bemalung ist natürlich nicht zu denken, weil dies jeder Entwicklung zuwiderliefe. Die Wirkung einer so hoch entwickelten Kultur wie der griechischen erstreckte sich auf allen Gebieten auf Jahrhunderte hinaus; die römische Kunst hat bis in die Kaiserzeit hinein von ihr gezehrt, und an Bildwerken der augusteischen Epoche sind noch Reste der Polychromierung nachweisbar. Es ist nun wohl kaum ein Zufall, daß zu einer Zeit, wo die antike Weltanschauung mit ihrer lebenbejahenden Sinnesfreude, die ohne eine blühende Farbigkeit nicht zu denken ist, abgelöst wurde durch die asketische nazarenische, die ersten Schritte zur Farblosigkeit getan wurden. In der späteren Kaiserzeit (zweites Jahrhundert n. Chr.) beginnen die Bildhauer, an bestimmten Stellen ihrer Büsten einen Ersatz für die aufgegebene Bemalung zu suchen, vor allem werden die Augensterne durch halbrunde Vertiefungen angedeutet, später wirksamer durch halbmondförmige Löcher dargestellt. Auch das Haar erfährt eine plastisch-technische Behandlung, die an früheren Statuen nicht zu finden ist: tiefgebohrte Gänge bezeichnen die Locken, vermutlich zum Zweck, Schatten in Massen zu bringen. Diese technischen Kunstgriffe wurden später von den Barockkünstlern völlig bis zur Höhe getrieben; sie sind auch heute noch das Ideal aller tonknetenden Akademiegenies.

Wenn nun der sinnenabgewandte Nazarenismus geeignet (und von seinem Standpunkt aus auch berechtigt war), das größte Wirkungsmittel der bildenden Kunst, die Farbe, aus der Plastik hinauszuscheuchen, so befremdet uns der gleiche Schritt zur Zeit der Renaissance um so mehr, ja er wird hier eigentlich unbegreiflich. Konnte die kritiklose Anbetung der Antike so weit gehen, daß man die damals nach tausendjährigem Schlaf auferstandenen Marmorwerke, die natürlich die Farbe eingebüßt hatten, zum Vorbild für die eigene Plastik nahm und etwa daran noch entdeckte Reste von Bemalung als Zutaten der Barbaren erklärte? Hielt hiervon die Künstler das eigene strenge Nachdenken nicht ab, so mußte ihr Instinkt und ihre Weltanschauung sie des Gegenteils belehren und zur Farbe führen. Wie wenig Polychromes ist aber aus dieser so gewaltigen und kraftvollen Epoche vorhanden, wenn wir von der Majolika absehen, die wegen ihrer Technik hier eigentlich außer Frage bleibt? Einige Madonnenreliefs, zu denen ihre nahe Verwandtschaft mit Staffelbildern vielleicht Anregung gegeben hat; – dann etwa noch der Riccola da Uzzano des Donatello! Was besagt dies einzige farbige Stück gegenüber dem mächtigen Heer zuckerweißer Heroen, Christusse, Madonnen, Sklaven, Faune, Bambini, Putti? Ein einziges Werk aus dem untergeordneten Gebiet des Porträts und als solches natürlich, wie es das Sujet verlangt, naturalistisch behandelt; hingegen all diese zum Teil feierliche Großplastik, einfarbig und bar der ungewöhnlichen Wirkung, zu der sie unter Anwendung einer stilisierten Farbenskala hätte erhöht werden können! Wie sehr ist es zu bedauern, daß Donatello auf dem einmal betretenen Wege nicht weiterging und nicht Genossen und Nachfolger durch sein kräftiges und überzeugendes Beispiel aufrief! So hätten wir heute wieder eine Überlieferung für die polychrome Plastik, ähnlich der, die sich die Griechen durch jahrhundertlange Übung geschaffen hatten. Statt dessen schufen wir auf dem Fundamente eines durch blinde Anbetung entstandenen Irrtums vierhundert Jahre fort, um heute endlich einzusehen, daß eine einzige große Gelegenheit versäumt wurde; versäumt von einer Künstlergeneration, von deren Kraft und Überkraft man die Lösung einer solchen Aufgabe erwarten konnte. Das Vorbild, das sie uns statt dessen hinterlassen haben, führte uns nicht nur zur Farblosigkeit der Plastik, wir kamen (unter Winckelmann) bis zum Antichronismus, zur Farbenfeindlichkeit: damit war der polare Gegensatz zur antiken Anschauung erreicht und auf lange Zeit zum Dogma erhoben...

Es darf hier rasch hinweggegangen werden über jene Spuren, die in der Plastik immer noch zur griechischen Anschauung zurückzuleiten scheinen oder einer im Volke, das von Theorien unberührt blieb, noch haftenden Tradition entsprangen: die Majolika, die von den älteren Gliedern der Familie della Robbia in wenigen Farben gehalten, von Giovanni della Robbia bis zum ausgesprochenen, wenn auch nicht eben erfreulichen Naturalismus geführt wurde; dann die farbige, ebenfalls naturalistisch gehaltene spanische Plastik aus dem siebzehnten Jahrhundert, die nach einem kühnen Anlauf rasch ermattete; nennenswert ist »St. Bruno« (von Montanez), eine »Grablegung Christi« (von Roldan); auch der berühmte Madonnenkopf (mit der durch einen Glastropfen dargestellten Träne), den das Berliner Museum besitzt; weiterhin die Kleinplastik, fast ausnahmslos von unbekannten Künstlern in Holz oder gebranntem Ton hergestellt und farbig behandelt; endlich die Porzellanplastik, soweit sie sich der Bemalung bediente. Diese Werke, insbesondere die der Kleinkunst, werden von Kennern und nicht zum wenigsten auch von Künstlern sehr geschätzt; aber diese Schätzung reichte nicht hin, die Plastiker auch zur Nachahmung dieser so naiven und naturgemäßen Polychromierung zu bewegen.

Aber heute kann der Künstler, der mitten im Strom der Kunstentwicklung steht, sich dem Einfluß des in der Malerei so hochentwickelten Farbenempfindens nimmer entziehen, und es ist auch kein Zweifel, daß auch beim Bildhauer das koloristische Gewissen geschärft wird. Dabei wurde in diesem merkwürdigerweise nicht der Drang zur Polychromie geweckt; der Plastiker kam unter dem Einfluß des Impressionismus vielmehr zu jener sogenannten »malerischen Plastik«: einer breiteren und weicheren Behandlung der Form unter Vernachlässigung des Details und der traditionellen strengen, besser gesagt: »schönen Statik«, an deren Stelle die Momentanität in der Bewegung und die Monumentalität der Silhouette gesetzt wurde. Doch fand er sich, unter Wahrung dieser ebenerwähnten Errungenschaft, rasch wieder zum spezifisch Plastischen zurück und gelangte zur Erkenntnis vom Wesen der Form und zu deren voller technischen Beherrschung, die bereits wieder die Möglichkeit eines Stils erkennen läßt. Wie aber diese Form von vornherein auf die Farbenwirkung hin gedacht ist, so will auch das koloristische Empfinden nicht mehr vor dem »heiligen Weiß« des Marmors Halt machen; schon werden, wie wir alljährlich auf den Ausstellungen sehen können, schüchterne Bemalungsversuche gemacht: Haare, Brauen, Augensterne (auch wohl der Mund) werden dunkler getönt als die übrigen Gesichtspartien; das geringste Zugeständnis an die Farbigkeit (im Gegensatz zum ehedem unverletzlichen Weiß) ist die Gesamttönung des ganzen Marmorwerkes, wie es zum Beispiel C. A. Bermann an seiner herrlichen Lenbach-Büste (in der Münchner Glyptothek) versucht hat. Wie muten uns, daneben gehalten, die zuckerweißen Frauenbüsten Hermann Hahns oder Georg Wrbas an? Auch die häufigere Verwendung rotbrennender Terrakotta oder des gelben und des fleischfarbenen griechischen Marmors weisen nach der Richtung der Farbigkeit, noch mehr die Zusammenfügung verschiedenartiger und verschiedenfarbiger Materialien, worin Max Klinger mit seinem Beethoven den bedeutendsten (und in Hinsicht auf die geistige Wirkung vollendetsten) Versuch gemacht hat. Leider hat sich der Künstler durch die Wahl seiner Materialien von vornherein die Hände gebunden; eine harmonische koloristische Lösung seines Problems, die durch Bemalung des Marmors möglich gewesen wäre, ist an dem durch das Material vorausbestimmten Akkord, in dem die Hauptnote (der Körper des Beethoven) nicht miteinklingen will, gescheitert. Auch leidet das Werk, abgesehen von dieser farbigen Disharmonie, noch an einem inneren geistigen Widerspruch: Während alle unbelebten Teile (ausgenommen der Adler) in ihren natürlichen Farben dargestellt, somit zu ihrem vollen Rechte gekommen sind, ist der Lebende selber, der Mensch, ja das Genie in seiner höchsten Geistestätigkeit farblos, in die kalte Blässe des Todes gekleidet und dadurch in der Wertung unter das Unbelebte hinabgesetzt. Schüchterne Versuche der Polychromierung hat Artur Volkmann in Rom gemacht; sie sind aber zu süßlich und erscheinen mehr wie ein schwaches Zugeständnis denn als ein kühnes Bekenntnis, das man fordern muß. Genauer hat sich mit Wort und Tat Arnold Böcklin über die Polychromierung in der Plastik ausgesprochen: »Nicht schwächliche Kompromisse mit Abtönen oder mit Färbung einiger Nebensachen, sondern Behandlung des ganzen Skulpturenwerkes als Gemälde; resolute Färbung sämtlicher Flächen mit einer nach dem jeweiligen Bedarf stilisierten Farbenskala!«

Es gilt nun, die Bildhauer vor allem wieder für die Bemalung des Marmors zu gewinnen. Wenn sie einwenden, dieser sei ein zu kostspieliges Material, als daß man damit gefährlich experimentieren dürfe, so ist darauf zu erwidern, daß die Lösung der farbentechnischen Frage meines Erachtens recht nahe bevorsteht; auch darf die Kunst vor Schwierigkeiten nicht Halt machen, vorausgesetzt, daß sie ein Höchstes in Absicht hat. Übrigens würde zur Übung die Verwendung rotbrennender Terrakotta zum ersten genügen, für deren Bemalung jede Tempera dienlich sein dürfte. Vor Ölfarbe ist zu warnen, weil es schwer ist (in der Plastik doppelt schwer), ihr das Materielle zu nehmen. Aber schon mit Krokierstiften lassen sich auf Terrakotta sehr schöne Wirkungen erzielen, wobei das darin enthaltene Wachs bei leichtem Bohnen jenen Mattglanz auf die Farbe bringt, der die Form belebt und besonders dem Inkarnat Naturwahrheit verleiht. Gips ist als Material aus den mannigfaltigsten Gründen zu verwerfen, nicht zum wenigsten aus farbentechnischen. Wenn zum Schluß noch die Polychromierung bei Bronze angeregt wird, so sehe ich hier den größten Widerstand der Laien wie der Künstler vor mir. Aber was empfehlen sie mir dagegen? Die giftgrüne Patina, die ein Altertum vortäuscht? Oder stumpfes dunkles Oxyd, wie es viele Bronzedenkmäler zeigen? Oder den Glanz der Schwarzbronze, der die Schatten zerreißt, den Formeindruck fälscht oder umkehrt, die Lokalfarbe unruhig macht und eine befriedigende Beleuchtung unmöglich?

Bei den Porträten (Reliefs wie Büsten) dürfte nun eine naturalistische, besser gesagt: eine realistische Bemalung ausreichen, ohne daß natürlich bei besonderen koloristischen Absichten der Künstler darauf festgelegt sein soll. Die monumentale Plastik hingegen verlangt ihrem Wesen entsprechend eine ausgedehntere Skala und dürfte, besonders wo sie im Freien zu wirken hat, der höchsten dekorativen Wirkungen nicht entraten können. Natürlich muß der Künstler bedacht sein, die dem Werk eigne Silhouette auch im hellen Tageslicht nicht durch die Farben auseinander zu reißen, sondern eher zu binden und zu steigern. Auch muß die Umgebung des öffentlichen Denkmals zu ihm in Akkord gesetzt werden: Hier wird sich dann erweisen, was der architektonische Hintergrund für einen großen Vorteil in Hinsicht auf Wirkung gegenüber dem gärtnerischen bietet. Man wird den Wert und den Sinn der Nische wieder zu würdigen wissen und einsehen lernen, daß selbst eine Rundplastik nicht um jeden Preis frei stehen und von allen Seiten muß betrachtet werden können. Schließlich ist vor allen Dingen jedes Bildnisdenkmal nicht für die freie Luft und die Tageshelle bestimmt, die seine wesentliche Wirkung zum allermindesten sehr beeinträchtigt; es gehört in geschlossene, im Licht wohl abgewogene Räume gestellt, wo es seiner Bedeutung sicher und vor klimatischen Einflüssen aufs beste geschützt ist. Denn es ist nicht einzusehen, warum ein plastisches Bildnis jeder Zerstörung ausgesetzt sein soll, während der gleiche Gegenstand als Gemälde in peinliche Museumshut kommt.

Seidler-Vasen

Wenn man heute die mannigfachen Erzeugnisse der Kunstkeramik betrachtet, so verwirrt einem ihre Überfülle fast die Sinne: Man kennt sich kaum mehr darin aus und weiß nicht mehr, wohin das noch gehen soll; man glaubt, schon die Härte der Konkurrenz müßte abschrecken oder einen Zusammenbruch dieses Zweiges des Kunstgewerbes herbeiführen. Herr, hör auf mit deinem Segen! Allein – es ist mit dem Verzweifeln nicht getan. So wenig, als man erwarten kann, das Leben müsse infolge der Überfülle seiner Erscheinungen und der Härte des Existenzkampfes selber aufhören und sich zum Tode verurteilen. Im Gegenteil: Wenn das Leben einen Sinn hat, einen erkennbaren und lobenswerten Sinn, so ist es der, durch fortwährenden Wettkampf sich selber zu steigern und zu jener Pracht- und Prunkfülle aufzusteigen, die wir Kultur zu nennen pflegen; Kultur, deren Mittel und deren Ausdruck die Kunst selber ist.

Die Seidlertöpfereien sind seit nicht allzulanger Zeit bekannt. Sie sind dem breiteren Markte bisher ziemlich fern geblieben. Zumeist gehen sie auch heute noch, wo sie die große Anerkennung der Weltausstellung von St. Louis haben, aus der Töpferei in Konstanz geradeswegs in die Hand des Liebhabers und Sammlers. Man mag vom geschäftlichen Standpunkt aus darüber denken, wie man will: Seidler verschmäht die Herstellung von Massenware, womit er den Markt überschwemmen könnte, und hält sich im großen und ganzen an seinen von Beginn an gefaßten Grundsatz: Handarbeit und Unika. Wiederholungen sind bei ihm selten; schon die völlige Ablehnung des Ornaments, des farbigen wie des linearen, das zu Wiederholungen nur allzu leicht verführt, zwingt ihn, sich ausschließlich der Farben, der Flüsse und der Glasuren zu bedienen und hier die zahlreichen Variationen zu finden, die er in der Tat erreicht und die seine Keramiken auszeichnen.

Seidler hat nicht das, was man gemeinhin Stil nennt und woran er vor anderen sogleich zu erkennen wäre, etwa wie Läuger oder die Gebrüder Heider und andere. Eben weil er sich weder auf eine bestimmte Form noch auf eine enger begrenzte Farbenskala oder ein typisches Ornament festlegt, muß er sozusagen als wild erscheinen. Wollte man bei ihm von Stil sprechen – und man kann das heute allerdings – so müßte man sagen, er läge in der Unzulänglichkeit seiner keramischen Palette, auf dem fast unbeschränkten Gebiete seiner koloristischen Fähigkeiten, hinzugerechnet das der Nutzbarkeit seiner Majoliken. Wir finden bei ihm eine Stufenreihe vom simpelsten graugrünen oder altgrünen bauchigen Weinkrug oder der anspruchlosesten gelblichen Schnelle bis zur feinsten Prunkschale, die an Farbe und Glasur heute überall ihresgleichen sucht. Beim Anblick dieser Rauchschalen, Schmuckschälchen, Tintenzeuge und Ziervasen vergißt man, daß es eine japanische Keramik gibt, die wir bisher für unerreichbar hielten.

Bei aller Mannigfaltigkeit ihrer Bestimmung und der ihr entsprechenden Form halten sich diese Keramiken fast durchweg an das Einfachste. Ich habe in einer großen Kollektion von Vasen zwei einzige gefunden, die durch barocke oder gesuchte Bauchungen die wunderbare Einfachheit und Vornehmheit ihrer Farbe beeinträchtigen und den ihnen eigenen Stil verletzten. Sonst treten immer die seit Jahrtausenden von den Töpfern für schön und praktisch gehaltenen Formen wieder auf, und es müssen Farbe und Glasur alles tun zur Abwechslung und Differenzierung der Wirkung. Aber hierin ist denn auch wirklich das Erstaunlichste geleistet: das warm-altgrüne Weinkrüglein, das mit seiner satten Farbe und behäbigen Form jeden vierhundertjährigen Bauernkrug schlüge, wie er auf Teniers Wirtshausbildern eine so aktive Roll spielt; daneben, wie eine lange adlige Jungfer, die schlanke Salzburger Schnelle im Grün unreifer Äpfel; hier die Wasserblumenschale, auf deren Grund ein dunkles

Sumpfgrün mit einigen helleren Mattglasurgrünflecken einen beinahe grausen macht: täuschend ein unheimlicher Sumpf; einige Rauchschalen zeigen außen ein feines Graublau wie Changeantseide, innen das klarste Honiggelb mit eingespritztem Muster, das sich wie Apfelblüten oder wie der feine Flaum von Weidenkätzchen ansieht. Manche Prunkschalen bringen das Muster geschliffenen Achats in allen erdenklichen Farben, aber stets prachtvoll vornehm zusammengestimmt; wieder andere gemahnen im Äußern täuschend an japanische Lackarbeiten. Ein Rot, das bisher nur die Japaner besessen haben sollen, gehört zum Feinsten und Interessantesten, was Seidlers unermüdliche Versuche und Pröbeleien bis dahin erreicht haben.

Ich möchte nicht unerwähnt lassen die Zierteller, Krüge und Fliesen, die meist in einem warmen Olivgrün mit etwas ockerigem Gelb und höchstens einem bißchen Blau lasierend getönt irgend eine Begebenheit der Legende, der Mariensage oder des Volksbuchs zeigen, eingeritzt mit der Nadel in den Begußton und in den Scherben und anmutend wie ein altes, etwas unbeholfenes Bild, das man wohl auf Krügen oder Ofenkacheln zuweilen finden mag. Sie haben in der Wirkung etwas Altertümelndes, das ich als solches verwerfen würde, wüßte ich nicht, daß diese Wirkung hauptsächlich der spröden Technik und nicht einer bewußten Absicht zuzuschreiben ist. Kenner schätzen diese seltenen Stücke. Die Zeichnung schildert meist mit einem einfachen fidelen Humor, z. B. die Versuchung des hl. Antonius oder den hl. Franziskus, den Tieren predigend. Diese beiden Prachtstücke hat sich Dr. Deneken für das Kaiser-Wilhelm-Museum in Krefeld gesichert. Man pflegt, wo es nicht praktische Gegenstände (wie Krüge) sind, diese Arbeiten in verschiedener Weise als Ausstattungsstücke zu verwenden: eingerahmt als Handzeichnungen auf Ton; oder eingelassen in die Wände; oder in Öfen; auch als Möbelfüllungen sind sie sehr schön.

Im Ganzen betrachtet, so sind es Kunstwerke, diese Seidlerkeramiken: Kunstwerke, so gut wie eine Emailmalerei oder ein Ölgemälde ein Kunstwerk sein mag. Man wird oft des Betrachtens nicht müde. Da ist z. B. ein Tintenzeug, ganz einfach in der Form: eine mit aufgebogenem Rand versehene Platte für die Federn und ein schlichtes Töpflein für die Tinte. Aber die Platte mit ihrem tiefdunklen blauen Grunde und dem entzückenden Wildtaubengefieder – Muster: Ich bezweifle, daß so was mit Emailfarbe zu übertreffen wäre. Oder die wunderbare dunkle Prunkschale mit ihrem vom Grund her durchschimmernden Himbeerrot auf dem Boden. Oder das eine feine Schälchen, das mit seinem matten Goldgrund anmutet wie jene, in denen nach dem Kinderglauben Gottes Regenbogen mit seinen Enden auf der Erde ruht.

Andreas Achenbach

Zum 29. September 1905

Die Dankbarkeit der Menge verliert zuweilen jede Scham;
dann entsteht, wie Nietzsche sagt, der Ruhm. Es ist noch
kaum ein Vierteljahrhundert her, da genoß ein Künstler diese
Sorte Dankbarkeit von seinen Zeitgenossen, Publikum wie
Künstlern; eine so robuste Seele wie die seine konnte diese
um so eher ertragen, als sie vorwiegend seinen äußeren Le-
bensumständen zugute kam, indem sie ihm die Sorglosigkeit
seines Schaffens gewährleistete. Heute, wo Andreas Achenbach seinem neunzigsten Lebensjahr entgegengeht, muß er
unverdienterweise erfahren, daß auch die Undankbarkeit der
Menge jede Scham verlieren kann. Mit den neunziger Jahren
des vergangenen Jahrhunderts, als die neue Bewegung in der
Kunst einsetzte, begann der Künstler allmählich in der Schätzung in den Hintergrund zu treten: man beachtete ihn, als
einen Vollendeten, neben den Neuaufstrebenden weniger
mehr; endlich wurde er als ein Zurückbleibender angese-
hen, der die modernen Kunstanschauungen nicht nur stofflich, sondern auch technisch betrachtet, nicht annahm. Man
begann ihn mit mitleidigem Achselzucken zu behandeln und
vergaß dabei selbst das, was seine Kraft und die Grundlage
seines wohlverdienten Ruhmes gewesen war. Heute sind wir
auf dem Punkte, selbst vor Künstlern wieder auf diesen Künstler aufmerksam zu machen. Und es liegt die Versuchung nahe,
sich zu fragen und einmal abzuwägen, wer von den jetzt lebenden berühmten Malergrößen nach weiteren fünfundzwanzig Jahren mit seinen Werken und Verdiensten neben denje-
nigen Andreas Achenbachs noch wird bestehen können. Das
subjektive Urteil und die Selbstschätzung hält auf die Dauer
dem objektiven nicht stand; denn diesem liegen unumstöß-
liche, wenn auch noch nicht absolut klargelegte Gesetze zugrunde.

Andreas Achenbach wäre, obgleich er ziemlich früh als ein Vollendeter dazustehen schien, schwerlich das geworden, wofür wir ihn heute schätzen müssen, wenn er nicht so unermüdlich mit scharfem Erkennen wie mit sichtendem und klarem Verstand von den Alten gelernt hätte. Was die vornehme Überlieferung dieser ihm bot, das nahm er nicht nur an, er nahm es weg, er raubte es sich gierig von ihnen, ganz nach Art autokratischer Naturen, die gern ihr Haus auf dem festen Fundamente des längst Vorhandenen aufbauen und dabei durchaus herrisch verfahren. Ich glaube, daß diese zugreifende Klaue ihm die frühen Erfolge eintrug. Indem er die alten Anschauungen, vor allem die technischen, übernahm, kam er dem Verständnis der Kenner wie der Laien entgegen und schien von allem Anfang der Ihre zu sein. Nicht so zu verstehen, daß er ihnen verwerfliche Zugeständnisse gemacht hätte! Aber indem er mit der überkommenen Technik weiterarbeitete und des Eignen gerade so viel hineintrug, als ein strenges Künstlergewissen ihm gebot, blieb er von einer Unmenge von Zweifeln, Schwankungen und Irrwegen verschont, an welchen die Entdecker neuer Wege mit seltenen Ausnahmen – Segantini ist eine solche – zerbrechen. Sein Ziel lag nie da; gleich weit entfernt vom technischen wie stofflichen Grübler, strebte er nur nach seinem Werke und dem Genusse seiner Vollendung. Und er erstrebte und erreichte diese wie jeder Meister der Tradition – ich erinnere an Lenbach – gemäß dem Gesetze des geringsten Kraftmaßes. Dahinter lag freilich eine Gefahr, weniger die der Vielseitigkeit im Stoffgebiete, welches ja mit jedem neuen Motiv neue technische Überwindungen forderte, als die, auf eine einzige Linie hinauszukommen und dem Klischee entgegenzutreiben. Andreas Achenbach ist – wie auch Lenbach – im späteren Alter dieser Gefahr nicht ganz entgangen; es wäre aber ein Unrecht, ihn nach den letzten Werken, die freundschaftlicher Übereifer immer noch auf die Ausstellungen trägt, in seinem Werte als Künstler beurteilen zu wollen.

Wenn Achenbach unter den Romantikern lebte und auch wohl unter sie zählte, so ist aus den wenigen Werken schon der Düsseldorfer Galerie mit ihrer lebendigen Wirklichkeit zu begreifen, daß sie damals wie Bomben in die romantische Malerei einfahren und dem Künstler den vorwürfigen Ruf eines Realisten eintragen konnten. Es erging übrigens einem andern Künstler, der heute als Vollblutromantiker gilt, genau ebenso, nämlich Böcklin, mit welchem Achenbach aber nicht bloß in solch äußeren künstlerischen Schicksalsbeziehungen steht. In der Düsseldorfer Galerie hängt wohl eines der schönsten Meisterwerke Achenbachs, der »Fischmarkt in Ostende«. Hier treten alle Vorzüge seines Schaffens vereint auf und in solcher Harmonie, daß dieses Bild allein den Namen Andreas Achenbachs zu halten vermöchte. Ein anderes Motiv, in der technischen Lösung jenem ebenbürtig, ist die »Erftlandschaft mit abziehendem Gewitter«; ein drittes, eine vollendete Marine: »Der Strand von Blankenberghe.«

Aus dem »Fischmarkt in Ostende« läßt sich das ganze koloristische Gesetz Achenbachs herausziehen, das sich durch alle Werke des Meisters mit den durch den jeweiligen Stoff erforderten Variationen verfolgen läßt. Die Lichtführung geht in vollendeter Abstufung vom Dunkel des Segelgewirrs und der Schiffskörper links nach dem hellen Markte und der Landschaft rechts und in das Licht der oberen Hälfte des Bildes. Erstaunlich gut gemalt ist die Helle und die Wärme des Ganzen, das auch in den dunkleren Partien, welche gewissermaßen den ernsteren Kampf ums Dasein farbensymbolisch wiedergeben, eine klare Deutlichkeit der Gruppen und der Vorgänge bietet: eine dekorative Forderung des Kunstwerks, die im Interesse seiner größeren Wirkung Böcklin so energisch wie überzeugend gestellt hat. Nur daß hier speziell – und auch im allgemeinen – Achenbach sich dieses dekorativen Mittels feiner und dezenter bedient als der brutaler und bunter wirkende Schweizer, der mit einer starken Silhouette zu arbeiten pflegt, wo Achenbach nur eine im Ton gut zusammengehaltene Gruppe gliedert, ohne dadurch irgend ihre Zusammengehörigkeit und Flächenwirkung zu beeinträchtigen. Deutlicher und größer, wie dies schon der Vorwurf gebietet, ist die Gegeneinanderstellung der dunklen und helleren Flächen im »Strand von Blankenberghe«. Wieder spielen hier die dunkleren Flächen die Rolle der feindlichen Gewalten: Meer und Wolken im Bunde gegen die Bewohner des Strandes, auf deren langer Hüttengruppe bereits das sieghaft leuchtende Sonnenlicht auf die frohe Übermacht der Menschen symbolisch hindeutet, die dem Strande zueilen, um die letzten Kampfstöße der Elemente in sicherer Hoffnung und neugierigem Staunen zu betrachten. Deutlich, aber durchaus noch herkömmlich, sieht man die angestrebte Silhouettenwirkung bereits auf einem Jugendwerk Andreas Achenbachs in der Düsseldorfer Galerie: vollendet zeigt sie die meisterliche »Erftlandschaft mit abziehendem Gewitter«; dann auch der wunderbare »Sandsturm«, den Frau Haniel in Düsseldorf besitzt. Dieses zählt wohl zu den vollendetsten Werken Achenbachs. Die jedem großen Holländer gleichwertige »Westfälische Landschaft« – Besitzer: Herr Hugo von Gahlen – weist, obwohl im Motiv ganz verschieden, alle Vorzüge Achenbachscher Landschaftskunst auf. Ein Meisterwerk besitzt noch Frau Konsul Weddingen in Düsseldorf in ihrem Marinebild »Ankunft der Fischer«, wo die Silhouettenwirkung fast mit programmatischer Deutlichkeit hervortritt; aber das Bild überschreitet noch nirgends die Grenze feinsten Künstlergeschmacks: es zählt zu den dauernden Werken des Malers.

Ich habe einigemal auf Beziehungen Achenbachs zu Böcklin hingewiesen. Andreas Achenbach ist in der Tat auf der gleichen Richtungslinie, die Böcklin eingeschlagen hat. Eine Vergleichung will damit nach der Seite der künstlerischen Wertschätzung hin nicht gegeben sein; dafür waren beider Herkunft wie Ziele zu verschieden. Aber beide erreichten, auf der alten Tradition fußend, ziemlich früh eine gewisse Höhe und Vollendung mit Mitteln, die eine Gefahr bedeuteten, indem sie (leicht einseitig angewandt) gesteigert, ja übersteigert werden konnten. Und beide sind von diesem Vorwurfe nicht ganz freizusprechen. In diesem Betracht war Andreas Achenbach ein erster, ein vorweggenommener »Fall Böcklin«, der länger bis zu größerer Übersteigerung wirkte; Böcklin mußte den Kampf der nach einer völlig anderen Richtung gehenden Jungen heraufbeschwören und dadurch die Künstler in zwei feindliche Lager treiben. Achenbach war zu dieser Kampfrolle nicht berufen: Sein dauernder Wert liegt in der wohlangewandten und mit eigner Kraft bereicherten Tradition im Technischen: auch darin geht er Böcklin parallel, daß sie beide, eingestanden oder uneingestanden, die Technik der Neuen für unvornehm erklären, Böcklin hat sogar von Schwindel gesprochen. Es wird sich in der Folge erweisen, ob die Werke der Traditionslosen dauernder sind als die derer, welche die Tradition wieder anzuknüpfen suchten: Böcklin hat es mit fanatischem Eifer versucht, Andreas Achenbach ist es in seinen besten Werken ohne Fanatismus gelungen.

Wenn heute nun gegen diese beiden Künstler, gegen den einen mit schweigender Mißachtung, gegen den andern in lautem, wortreichem Kampfe, von den Jungen gefochten wird, so ist das aus manchen Gründen zu begreifen: Böcklin wie Achenbach sind für uns Abschlüsse einer langen Epoche. Als die glücklichen Zusammenfasser einer bestimmten Tradition der Technik wie des Geschmacks, welche, grob gesprochen, die dekorative genannt werden mag, erscheinen sie heute als Hemmungen der Entwicklung, wie denn gemeinhin die Großen wenn nicht als Reaktionäre so doch als Stehenbleibende wirken: Felsen im treibenden Strom. Ihr Ziel war die Komposition, die Abwägung aller äußeren technischen und inneren gedanklichen und seelischen Werte des Kunstwerks: die Harmonie. Als Letzte und Stärkste ihrer

Zeit erreichten sie dieses Ziel, trieben sich in die äußerste mögliche Höhe bis zu einer Spitze empor, die die Gefahr des Zerbrechens in sich trug, erstarrten in einer gewissen Einseitigkeit, aber wurden, indem sie erstarrten, zugleich auch Ziele. Ziele nicht, auf die wir zurückdürfen, weil uns dies nur zum Barock führte – Franz Stuck ging diesen Weg!, aber Ziele, insofern als sie ragende, breit ruhende, sehnsüchtig geschaute Berggipfel sind und indem sie zeigen, wie jede große, verworrene, noch unüberschaubare und ungeordnete Bewegung in eine zusammenfassende Ausbildung aller neuen Errungenschaften auslaufen muß. Wenn im dunstigen Tal der pröbelnde Handwerker mühsam sich abarbeitet mit der bloßen Absicht, allmählich sein Material weicher und bildsamer zu gestalten: für wen tut er's anders als für die überschauenden und komponierenden Geister, denen nicht die Bildsamkeit des Materials das Letzte ist, sondern das Kunstwerk selber, dessen Begriff die Harmonie in sich faßt. In diesem Betracht ist Böcklin ein Vorbild, groß und weithin wirkend, wenn auch rauher und brutaler als Andreas Achenbach. Dieser ist genügsamer, aber feiner und vornehmer; und in gewissem Betracht hat er mehr erreicht an Vollendung als Böcklin, der bei aller Kraft in seinem Lebenswerk einer gewissen Unruhe nicht ganz Herr geworden ist.

Ein Kindermaler

Ein dankbareres und froheres Publikum als das Kinderpublikum wird nicht leicht ein Künstler finden, und man möchte deshalb sagen, am leichtesten habe es unter allen Malern der Kindermaler. Für ihn nämlich tue die Elternliebe alles, insofern sie sein Werk, das Kinderbilderbuch, in die breitesten Schichten der Bevölkerung hineintrage, während jeder andere Künstler genötigt sei, das seine einem erwachsenen kritischen Publikum vorzulegen, dem oft genug zum Bilderkaufen mehr als nur das Geld fehle. Allein wenn schon das Kind an geistiger Urteilskraft naturgemäß dem Erwachsenen nachsteht, so hat es nichtsdestoweniger ein feines kritisches Gefühl für das, was seinen kindlichen Bildungs- und Unterhaltungsinteressen am besten entspricht. Und so paradox es klingt, so richtig ist es, daß, was dem unverdorbenen Geschmack der Kinder auf diesem Gebiet gefällt, auch vor dem strengeren Urteil der Erwachsenen bestehen zu können pflegt. Das Kinderbilderbuch erfordert nämlich eine aufs Einfachste zurückgeführte Kunst in Bild und Wort, und es trifft sich, daß hier das Einfachste durchaus das Beste ist. Aber damit ist nicht gesagt, daß es auch das Leichteste sei, denn es bedarf beispielsweise eines so vorzüglichen Zeichners wie Adolf Oberländer, um die kindlich unbeholfenen Kritzeleien eines kleinen Moritz so kindlichecht hinzubringen. Auch muß der Kindermaler wissen, welche Stoffe seinem kleinen Publikum am meisten entsprechen; wie aber die Phantasie des Kindes sehr reich und bilderstark ist, muß es auch die seines Künstlers sein; denn das noch nicht durch kritisches Denken und Betrachten gehemmte jugendliche Gehirn will etwas Phantastisches, etwas Wunderbares, Seltsames und Unmögliches viel lieber haben als das Gewohnte und Alltägliche, das ihm kaum mehr ein Interesse ablockt. Der Kindermaler bedarf also der besonderen Fähigkeit, sich in die geistigen und seelischen Regungen eines Alters zurückzudenken und wiedereinzufühlen, dem wir längst entwachsen sind und gegen welches sich unser Herz unter den Kämpfen und Erfahrungen des Lebens verhärtet haben kann. Diesen Kinderton haben meisterlich getroffen die Brüder Grimm in ihren Märchen, im Bilde wohl am besten Ludwig Richter, Schwind, Hermann Vogel, nach der humoristischen Seite hin Wilhelm Busch und Oberländer. Für das Kinderbuch von besonderem Vorteil ist es aber, wenn in einer Person Zeichner und Poet vereinigt sind, was selten genug ist; denn man fordert in diesem Fall des weiteren, daß sich der Text den Bildern möglichst eng anschließe und doch zugleich einen gewissen selbständigen Wert habe; wo es sich aber um Verse handelt, verlangt man eine anschauliche Kürze, die dem Urteilsvermögen des Kindes aber immerhin genügend nachhilft, und eine gewisse Sangbarkeit; denn das Kind pflegt sie zu seinen rhythmischen Spielen gerne zu singen.

Unter den namhaften Kinderbüchern, die im Lauf der letzten zehn Jahre erschienen sind, heben sich einige ganz besonders durch eine ruhige Eigenart in Text und Bild hervor; sie stammen von dem Schweizer Maler Ernst Kreidolf, einem geborenen Berner, der aber seit einem Jahrzehnt seinen ständigen Aufenthalt in München hat. Wie noch manche seiner Landsleute, die sich als Künstler einen Namen gemacht haben, kommt auch Kreidolf vom Handwerk her. Er war ursprünglich Lithograph und zeigte von selbständigen künstlerischen Arbeiten selten etwas öffentlich; möglich auch, daß sie in ihrer Sonderart der gerade herrschenden Kunstrichtung zu wenig folgten, um in einem breiteren Publikum die ihnen gebührende Schätzung zu finden. Vor etwa acht Jahren trat er dann mit einer ersten Serie von Bildern hervor, die er, mit eignem gereimten Text versehen, auf den Stein gezeichnet hatte und der Fürstin zu Schaumburg-Lippe widmete. Wiewohl man den Künstler seinem Schaffensgebiet

nach zu eng faßt, wenn man ihn unter die Kindermaler ver-
weist, so ist doch zu sagen, daß er gleich mit diesem ersten
Werke, das eine fertige Eigenart zeigt, als besonders begab-
ter Kinderkünstler gelten durfte und auch bei Künstlern wie
bei Kritikern dafür galt.

Dies erste zyklische Werk Kreidolfs, betitelt »Blumenmädchen«, weist nicht weniger als sämtliche andern, die unterdessen nachfolgten, auf die besondere zeichnerische Begabung des Künstlers hin, die mit ihrer Sicherheit und Gewissenhaftigkeit eine ganz außerordentliche Einfachheit verbindet. Dabei ist zu betonen, daß im ganzen Werke Kreidolfs
die Farbe nichtsdestoweniger von großer Bedeutung ist. Doch
berührt hier natürlich in erster Linie der Inhalt des Buchs
uns näher, weil immer das Kind in seinen Bilderbüchern das
Gegenständliche sucht, das ihm etwas sagt und erzählt. Die
»Blumenmädchen« weisen ihm nun alle erdenklichen Vorgänge des Menschen- oder, enger genommen, des Familien-
lebens auf, wobei an Stelle der Menschen personifizierte Blumen treten: etwa eine Teevisite, eine Ausfahrt, ein Tänzchen,
eine Marktszene, eine Hochzeit, ein Ball. Alle diese Vorgänge wie ihre handelnden Personen sind dem Kinderverständnis ungewöhnlich glücklich und ungezwungen angepaßt: Es leuchtet ihm ohne weiteres ein, in einer »Marga-
ret« (Marguerite) eine Kindermagd zu sehen, in Weidekätz-
chen junge weiße Kätzchen oder im Weiß- und Schwarz-
dorn spießbewehrte kämpfende Ritter. Und mit großer Freude
sieht es, wie die einzelnen Pflanzenteile sinnig zur Charak-
terisierung oder zur Bekleidung verwendet sind: Blüten als
Hauben, Kragen, Helme, Hüte, Haarfrisuren. Blätter als
Schürzen, Mantillen, Röcke; Staubfäden und Beeren als Hals-
und Haarschmuck. Doldenpflanzen als Gaslaternen. Der
Text, obwohl mehr episch schildernd als rhythmisch sangbar, ist den Bildern ebenfalls eng und glücklich angemessen.

Wo Kreidolf, wie in diesem Buche, ganz unbeeinflußt
schaffen konnte und nur auf seine eigne Phantasie angewie-

sen war, da erscheint er künstlerisch am reinsten und am glücklichsten. Zugegeben sei, daß er sich dabei vom Kinderverständnis zuweilen etwas entfernt, wie etwa in den »Schlafenden Bäumen«. Wohl enthält dieses Buch schon in seinem Vorsatzpapier ganz die für das Kindergemüt grausliche Märchenstimmung eines schlafenden nächtlichen Waldes, worin allerhand tagscheues Getier sich umtut; die übrigen Vorgänge aber entwickeln sich auf ihrem dunkeln Hintergrunde etwas zu rasch und zu dramatisch: Still auf einem Berg schlafende Bäume werden durch die Faust des durch den nächtlichen Himmel fahrenden Sturms wachgerüttelt und jäh erschreckt; dann setzt sie ein im Tal ausgebrochener Brand in noch größere Angst. [...] Da löscht Gott durch seine Knechte und Mägde mit Wasserkübeln, die sie über die Landschaft ausschütten, rasch den Brand, und zum Schlusse wölbt sich aus den goldnen Schüsselchen der heitere bunte Regenbogen empor. Als eine in sich schön abgeschlossene Zeichnungsfolge von großer landschaftlicher Stimmungskraft wirken diese »Schlafenden Bäume« gewiß; für ein Kinderbuch wünschte man ihnen aber einen größeren Umfang und wohl auch eine leichtere, heiterere Stimmung; der anspruchsvollere Erwachsene kommt dabei besser auf seine Rechnung.

Allgemeiner bekannt als die übrigen Kreidolfschen Bücher wurde die von Richard Dehmel vor einigen Jahren herausgegebene Kinderliedersammlung mit dem Titel »Fitzebutze«, mit deren Illustrierung Kreidolf betraut, besser gesagt beauftragt wurde. Bleibt zwar auch hier der Künstler im großen und ganzen seiner eignen Art noch völlig treu, so hat man doch den Eindruck, daß Poet und Zeichner sich ineinander geirrt haben. Der Künstler hat sich scheinbar Gewalt antun müssen, diese spezifisch berlinischen, nicht wenig erzwungenen und affektierten »Kinderlieder« zu illustrieren. Das Farbenkommando scheint Dehmel geführt zu haben; schon im Vorsatzpapier und den Titelbildern weicht

Kreidolf von seiner diskreteren sonstigen Art ab; und so charakteristisch die Gestalt des »Fitzebutze« ist (des mexikanischen Götzen Huitzilopochtli, der unter anderm bei Peter Hebel als Teufel Bitzlibutzli auftritt), so mag man sich doch fragen, ob er Kindern nicht fast grauslich erscheinen muß. Eine große Zahl Bilder indes, z. B. die »Schaukel«, die »Kinderküche«, das »Käuzchenspiel«, »die böse Mies« und andre, sind so freundlicher und kindlicher Art, daß man gleichwohl das ganze Buch wenigstens illustratorisch als gutes Kinderbuch ansprechen darf; der Erfolg scheint dies noch zu beweisen; die mir vorliegende Auflage von 1901 zeigt bereits das fünfzehnte Tausend.

Am geschlossensten, einheitlichsten und auch als Kinderbuch am glücklichsten bieten sich meines Erachtens die »Wiesenzwerge« dar. Ein Kindermärchen nennt sie der Künstler, der auch den schönen, einfachen Prosatext dazu verfaßt hat. Es möge von diesem eine kurze Probe gegeben sein (der Anfang!), um die ganze Einfachheit und Gegenständlichkeit der Schilderung zu zeigen.

»Hinter einem großen Walde lebten mit ihren Kindern und Heupferden die Wiesenzwerge.

Die ersten Sonnenstrahlen schienen eben über die Stoppelberge; da sprang die Tür des Zwerghäuschens auf und alle, alte und junge, kamen hurtig heraus, wuschen sich am klaren Brunnen, kämmten sich und hüpften vergnügt im goldenen Sonnenschein herum.

Der Vater sah nach dem Wetter; die Mutter pepperte in der Küche: Sie bereitete den Morgenbrei. Dann rief sie durchs Fenster: ›Zu Tisch!‹ Und alle Zwerge verschwanden schnell wieder im Häuschen.

Auf dem Hause aber saßen die grünen Heupferde, raschelten durchs hohe Dachgras und frühstückten, daß es knisterte.«

Es folgt die Ausfahrt der Zwerge – ein wunderliebliches, starkes Bild –, dann die Teilnahme an einer Hochzeit, der

99

Tanz, die Sitzung der Mummelzwerge in einem Häuschen im Preiselbeerwalde, der Streit der Zwergenväter, ihr Reiterkampf, ihre Versöhnung angesichts des zürnenden Mondes, der herrliche Heimritt durch die Mondnacht und endlich das märchenhafte, tiefpoetische Schlummerbild mit seiner unübertrefflichen Traumkraft. So wahrhaft kindlich alle diese Bilder der »Wiesenzwerge« sind, so deutlich scheint besonders das letzte darauf hinzudeuten, daß Kreidolf auch für eine freiere Phantasiekunst vorzüglich veranlagt ist. In Anbetracht der ungewöhnlichen Schönheit dieser Bilder wünschte man mindestens, sie in Einzeldrucken als Wandschmuck haben zu können. Sie würden so den Kindern auch in späteren Jahren immer vor Augen bleiben und ihnen den Geschmack für echte, tiefe Kunst veredeln. Der Text des Buches, anfangs realistisch, gewinnt gegen den Schluß hin mehr und mehr an Phantasiekraft und poetischer Schilderung, bis daß der Traum selber kommt:

»Er strahlte sein Licht in ihre Kammern und zeigte ihnen alle seine Herrlichkeiten.

Kleine Engelchen spielten mit der Silberkette, die aus dem Brunnen vor dem Haus perlte.« Und so weiter.

Die einfachsten Kinderbilder und -verse enthalten wohl die »Schwätzchen für Kinder«. Ist schon zu sagen, daß der Künstler als Zeichner wenigstens sein erstes Buch kaum mehr überbieten konnte, an Einfachheit der Bilder und an Kindlichkeit des ganzen Charakters hat hier Kreidolf doch wohl noch Besseres geleistet. Sein spezifisch süddeutsches, vielmehr schweizerisch-alemannisches, Wesen außer Betracht gelassen, erreicht er hier sicherlich Ludwig Richter. Das Anfangs- und das Schlußbild (Kreis- und Halbkreiskompositionen) sind Meisterwerke inniger Gefühlsschilderung; kaum weniger gilt dies vom übrigen Inhalt dieses Buches, um hier nicht jedes Bild aufführen zu müssen. Man bedauert nur, daß es nicht so umfangreich ist.

Kreidolfs letzterschienenes Werk, »Alte Kinderreime mit Bildern«, charakterisiert sich schon in seinem Titel. Es handelt von jenen kleinen Kinderliedchen, die wir aus unsrer Jugend alle kennen und die so sangbar und rhythmisch das ganze Kindersinnen veranschaulichen. So einfach und so selbstverständlich auch diese Bilder wieder erscheinen, so zeigt doch jedes die echte Kreidolfsche Art: Sie sind alle so, wie jeder andre sie wohl gerade – nicht gemacht hätte! In dieser Art des Erfindens und Schaffens liegt jenes Besondere, das wir überhaupt bei den Schweizer Phantasiekünstlern finden, etwa bei Sandreuter, Böcklin, Welti und Hodler: »Alles erhebt sich ins Ungemeine«, möchte man hier sagen. Man darf daraufhin die Vorsatzpapiere, die Titelblätter, die Hauptbilder, die Schlußvignetten prüfen, so wird man denn auch sogleich aus andern Kinderbüchern heraus, etwa aus dem »Knecht Rupprecht« und dem »Buntscheck« die Kreidolfschen Beiträge leicht erkennen, und sie sind es, die diesen Büchern ihren höheren Wert geben: etwa die »Blumensee« oder der »Bruder Melcher«, das Bild zum »Geburtstag« oder das »Glühwürmchen«. In letzter Zeit hat der Künstler sich aufgerafft, einige seiner schönsten Entwürfe als Originallithographien einzeln herauszugeben; unter diesen ist vor allem zu erwähnen das meisterliche »Wiegenlied« und der glänzende, farbenfrohe »Blumenreigen«. Auch auf einige seiner eigenartigen Exlibris möchte ich Sammler aufmerksam machen; sie haben das diesen sonst anhaftende Epigrammatische zwar fast gar nicht, erfreuen aber um so mehr durch ihre anspruchslose Einfachheit und Sinnigkeit.

Es konnte nicht die Absicht des Verfassers sein, über Kreidolfs Art ausführlicher zu sprechen; es sollte hier auf ihn als einen unsrer besten Kindermaler hingewiesen werden, wobei ich den Wunsch nicht zurückhalte, er möge über diesen hinauskommen, weil er zum höheren Künstler alle Begabung zeigt. Hier sollte er aber in seinem engeren Gebiet gewürdigt werden, weil er leider noch nicht jenen weiten Kreis von Familien erobert hat, den zu besitzen er ein Recht hat. Ob daran seine etwas harte alemannische Art schuld sein mag, die wohl besonders die norddeutschen Familien noch befremden dürfte? Was ihm jetzt noch in seiner Wirkung auf die weitesten Kreise hinderlich ist, mit der doch gerade ein Künstler, der für unsre kleinen Lieblinge schafft, rechnen muß, das wird man später gerade als seine künstlerische Bedeutung, als eine kulturelle Tat hochschätzen. Er hat nun eben gar nicht jenes Weichliche, noch jene falsche Süßlichkeit, die dem Geschmack aus früheren Jahren noch Bedürfnis zu seins scheint. Wenigstens vielfach, leider! Aber das eine dürfen wir Kreidolf besonders danken – und deshalb wünschen wir, daß er durchdringen möge: Er befreit uns von den konventionellen Großstadtkindertypen, an die wir besonders von England her (von Kate Greenaway und Anning Bell) gewöhnt worden sind, indem er uns die treuen, einfachen Dorfkindergesichter wiedergibt, die in Wirklichkeit allein den Begriff des »Kindes« richtig darstellen. Und damit sind wir bei dem Punkt angelangt, der bezeichnend ist für Kreidolfs Stellung in der modernen Kunst überhaupt. Auch er ist ein Heimatkünstler im echten Sinne des Wortes, und niemals verleugnet er den Schweizer. Zwar in der anmutigen Kleinwelt seiner Zeichnungen spüren wir nur wenig von der großen Natur seines Heimatlandes, Wiesenblumen, Grashalme, Baumwurzeln versperren den Blick auf die fernen Berge. Er will ja auch nicht den kindlichen Sinn in unermeßliche Fernen lenken, das Wunderbare, das dem Kinde auf Schritt und Tritt begegnet, an Wegrand und Waldessaum – das hält sein Stift fest, das beseelt er mit seiner warmen Liebe zur Natur. Aber deutsch ist alles, was er zeichnet, Heimatstimmung weht uns aus jedem seiner Bücher entgegen. Und darum finden sich die Kinder so leicht in ihnen zurecht, denn er führt sie durch eine vertraute Welt. Man kann getrost sagen, Kreidolf steht in der vordersten Reihe derer, die das Kinderbuch von den verwaschenen Moden des Internationalismus erlöst haben. Und was können wir Besseres, Schöneres in die Seelen unserer Kinder pflanzen als die Liebe zur Natur, das stille Gefühl, eins zu sein mit Blumen und Bäumen? Und wie lernt es den Sinn des Lebens, das Werden und Vergehen besser kennen, als wenn wir ihm aus dem Leben der Tiere erzählen? In dieser Hinsicht ist Kreidolf ein getreuer Eckart. Er spricht kindlich zu den Kindern, es liegt etwas Selbstverständliches in seiner Art, mit ihnen umzugehen. Nicht einer Mode folgend kam er dazu, für Kinder zu zeichnen, und die Tendenz seiner Kunst ist, wenn überhaupt von einer solchen die Rede sein kann, die Kinder so lange wie irgend möglich eben kindlich zu erhalten. Wir verlangen ja nicht nach dem altklugen Kind, wir verlangen nach Kindern, die noch zu lernen und noch zu staunen haben und denen die Welt mit ihren Erscheinungen noch Spiel und Wunder und Märchen ist, bis das vorschreitende Alter ihnen allmählich kundtut, es sei auch Kampf und wolle als solcher genommen sein. Dann aber wird der also Belehrte sich sagen: Ich war in Wahrheit einmal Kind, und ich habe eine Jugend gehabt, deren ich freundlich und in Freuden gedenken mag.

Münchner Brunnen

Heute, wo die Städte sich ihren Bedarf an Wasser durch kostspielige, oft von sehr weit hergeführte Leitungen gesichert haben und das unentbehrliche Element bis in die Küche und jeden beliebigen Raum des Hauses leiten, besitzt naturgemäß der öffentliche Brunnen nicht mehr die Bedeutung wie in früherer Zeit, wo er den Bewohnern eines Platzes oder einer Straße das Wasser gesammelt lieferte, daß es dort Frauen und Dienstmägde zum Einzelbedarf abholten oder der Durstige von der Röhre trank. Dieser ehemals fast alleinige Zweck des Brunnens ist heute weggefallen; früher galt dieser wohl nebenher auch noch der Platz- und Straßenzier: eine Bestimmung, welcher der Brunnen meist in vollendet künstlerischer Weise gerecht wurde; heute ist er so ziemlich ausschließlich Schmuckzwecken gewidmet, man müßte denn die Belebung eines Platzes durch Wassergeräusch oder dessen Luftkühlung an heißen Tag als ersten Zweck eines Brunnens rechnen wollen. Seine ästhetische oder seine rein dekorative Bestimmung zu erfüllen, fällt heute aber insofern nicht leicht, als wir in unsern Großstädten mit ganz andern Raumfragen zu rechnen haben als das eigentlich keine Großstädte kennende Mittelalter, wo zudem noch eine gefestigte Stilrichtung und eine architektonische Überlieferung ästhetisch große Sicherheit boten. Die kleinen Plätze waren durch einen Röhrenbrunnen meist hinreichend geziert und durch das Plätschern des Wassers stimmungsvoll belebt, auch war in dem erfüllten Zwecke der Wasserzuleitung an sich schon eine befriedigende Lösung erreicht, insofern als das Zweckentsprechende einen großen Teil des Ästhetischen ausmacht. Heute aber geben veränderte Raumverhältnisse und Mangel an Tradition der öffentlichen Brunnenkunst entschieden etwas Tastendes und Unsicheres. Indes darf Bildhauern und Architekten zugestanden werden, daß sie in den letzten zehn Jahren wieder eine sicherere ästhetische Grundlage für öffentliche Brunnenkunst geschaffen haben. Kein kleines Verdienst gebührt in dieser Hinsicht München; wegen mancher schönen Wasserwerke beginnt man es bereits die Stadt der schönen Brunnen zu nennen, wie man es mit guten Gründen die Stadt der schönen Brücken heißt.

Einen ersten bemerkenswerten Anfang zur Schaffung neuer guter Brunnenkunst machte die Stadt, indem sie Adolf Hildebrand in den neunziger Jahren den Auftrag gab, das Südende der Maximiliansanlagen durch einen Monumentalbrunnen dekorativ würdig abzuschließen. Der Künstler – nicht ganz unabhängig von einem römischen Vorbilde – trachtete, dem weiten Maximiliansplatz (heute Lenbachplatz) durch eine räumlich entsprechende architektonische Anlage, die durch eine hochragende doppelte Brunnenschale und zwei sie flankierende Monumentalplastiken gegliedert wurde, einen festen Abschluß zu geben, der sich gegen den Baumhintergrund der Maximiliansanlagen in guter Silhouette abhöbe. Als Skulpturen schuf Hildebrand die überlebensgroßen Allegorien des zerstörenden und des segenbringenden Wassers, jene dargestellt durch einen auf einem Seeroß gegen die Brunnenschale anreitenden Mann, der diese mit dem Wurf eines Steinblocks zu zertrümmern droht; diese dagegen durch eine auf dem Wassertier herreitende freundliche Frauengestalt, die eine Trinkschale darbietet. Die beiden skulptural prachtvollen Marmorgebilde halten in ihrer Aufstellung wie in der Silhouette die waagrechte Tendenz der Hauptbeckenbasis fest, auf der sie ruhen, während die doppelt geschichtete Brunnenschale in der Mitte die Dreiteilung des Aufbaus prächtig pyramidisch abschließt und durch das schleierartig herabfallende Wasser ein lyrisches Moment zu dem dramatisch belebten Vorgang auf dem Hauptbrunnenbecken gibt, der noch erhöht erscheint durch die schief nach vorn spritzenden Wasserstrahlen von den ins

Becken springenden Tieren. Aus dem ziemlich hochgelege-
nen Hauptbecken fließt in ein davorgelagertes ovales, zu ebe-
ner Erde liegendes das Wasser durch zwei Haupt- und sieben Nebensprudel ab, die doppelt aus den die Brunnenwand
gliedernden Nischen springen. Der Fuß der Brunnenschale
ist mit grotesken Masken geschmückt: Frösche und Fische
speien die Doppelsprudel ins tiefer gelegene Becken. Mit dieser Brunnenanlage ist die Abschließung des Platzes monu-
mental und harmonisch gelöst, und der Künstler hat damit
ein Vorbild geschaffen, wie es wenige Großstädte aus unsern
Tagen aufzuweisen haben.

Vielleicht war es weniger glücklich (wie hernach begründet werden wird), in geringer Entfernung von diesem ein
zweites ziemlich großes Wasserwerk zu errichten, nämlich
den ursprünglich vor das Prinzregententheater bestimmten
Nornenbrunnen von Hubert Netzer. Dieses Werk ging aus
einem Wettbewerb hervor und wurde vergangenen September enthüllt. Der durch drei vortretende Sockel dreifach
gegliederte runde Unterbau trägt eine große, halbkugelige
Steinschale (wie die übrigen Teile des Brunnens aus Mu-
schelkalk), die in ihrer Mitte einen stark rauschenden Doppelsprudel emporwirft und ihr Wasser dann durch drei maul-
förmige Öffnungen in drei ebenerdig vorgelagerte runde
Schalen wasserfallartig fließen läßt. Die Brunnenschale
selbst ist durch drei sie in halber Körperlänge überragende
Gestalten flankiert: durch die Nornen, die nordischen Par-
zen Verdandi, Skuld und Urdh. Verdandi (die Gegenwart)
blickt nicht ohne sinnige Beziehung nach dem lauten und
belebten Karlsplatz, während Urdh (die Zukunft) in ge-
beugter Haltung und mit düsterster Miene sich dem Justiz-
palast zuwendet. Man mag an diesem Werk tadeln, daß die
an sich einfach-schönen und groß gedachten Gestalten zu
sehr sich gleichsam wie Henkel der Brunnenschale ausneh-
men; mir scheint, die Aufgabe wäre künstlerisch besser gelöst gewesen, wenn die Nornen an einer bedeutend weiteren

und höher gelagerten Schale gerade haupthoch emporgereicht hätten, während jetzt ein Wirkungskonflikt zwischen beiden Teilen zu herrschen scheint, der sich nie entscheiden wird. Auch möchte das gefällige Wasserspiel in einem stillen Parke freundlicher und wirklich belebend gewirkt haben; jetzt nämlich übertönt das laute Tosen des verkehrsreichen Karlsplatzes das Rauschen des Wassers, dem man an einem stillen Orte gern gelauscht hätte.

Während die erwähnten Brunnen sowohl durch ihre Maße wie in Hinsicht auf ihre Umgebung auf eine gewisse monumentale Wirkung abzielen, sind an einigen kleineren Plätzen bescheidenere Wasserspiele erstellt: der Germanenbrunnen am Botanischen Garten, Hubert Netzers Schlangenbrunnen und der Weizsäckerbrunnen am Thierschplatze. Am bekanntesten ist wohl das sogenannte »Brunnenbuberl« geworden, ein Geschenk des Bildhauers J. Gasteiger an die Stadt, durch das vor Jahren einige prüde Sittlichkeitsfanatiker sich bewogen sahen, nach der Polizei zu rufen. Die nackte, aber durchaus keusch wirkende Gestalt eines Knaben (in Bronze) steht an der Marmorherme eines weinbekränzten Fauns, beschäftigt, die Brunnenröhre der Herme mit dem Daumen zu verschließen, worauf der Faun mit gespitzten Lippen ihm das Wasser ins Gesicht pustet. Der Brunnensockel steht in einer runden Schale, und das leise Plätschern seines Wassers belebt und erfrischt das Gebüsch, das dort die Sonnenstraßenanlagen gegen den Karlsplatz hin abgrenzt. Der Minthirbrunnen in Neuhausen, der auf einer romanischen Muschelkalksäule den heiligen Minthir mit seinem Pferde zeigt, und der Rotkäppchenbrunnen beim Hofbräuhaus, bei dem auf einer gotischen Säule die bekannte Märchenfigur mit dem Wolfe steht, während am Sockel vier (ebenfalls bronzene) Wolfsköpfe das Wasser in die einfache Brunnenschale speien, sind anspruchslosere, aber künstlerisch gut bewältigte Momumente, die auch ihren schmückenden Zweck an ihren Plätzen schön erfüllen. Dem Gedächtnis des berühmten Münchner Arztes dient der nach ihm benannte Ziemssenbrunnen in den Anlagen des Krankenhauses. Eine marmorne Bankanlage im Halbrund mit der Bronzebüste des Genannten und zwei Löwenköpfen (je einer am Ende des Halbrunds Wasser speiend) vervollständigen hier den Eindruck einer etwas herkömmlichen Anordnung. Gefälliger, obzwar nicht viel origineller ist der bereits erwähnte Weizsäckerbrunnen, auf dessen Sockel eine garbenbindende weibliche Gestalt auf den Namen des Stifters hinweist. Durch rein formale Momente wirkt zweckentsprechend und auch ästhetisch befriedigend der romanische Sonnenbrunnen mit dem schmiedeeisernen Schmuck und der flammenden Sonnenscheibe. Als füllendes und zierendes Einschiebsel in ein bedeutendes architektonisches Ganzes erweist sich der durch Reinheit des Stils und Klarheit der Proportionen ausgezeichnete St. Anna-Brunnen in der Umfassungsmauer der schönen, wuchtigen Annakirche (im Lehel). Aus einem tiefliegenden Brunnenbecken erhebt sich auf gemauertem Halbrund der mit strengstem romanischen Zierat versehene Sockel, auf dem sich auf acht runden Säulchen acht Becken gleichsam zur unteren größeren Schale zusammentun, die von der oberen kreisrunden aus Löwenköpfen gespeist wird. Aus dieser oberen erhebt sich dann der hindurch emporsteigende Sockel, gegliedert durch vier kniende Gestalten, die Wasser aus Krügen gießen und in einem gleicharmigen romanischen Kreuz die Brunnenkrönung tragen. In die Gebäudeanlage, ein Werk des Professors Seidl, fügt sich dieser Brunnen zu wundervoller Stimmungseinheit ein und trägt nicht wenig dazu bei, diese Kirche als ein echtes Bauwerk aus romanischer Zeit selber erscheinen zu lassen.

Als selbständiges, von der Umgebung nicht abhängiges architektonisches Monument ist der Zierbrunnen am Rederplatz in München-Au zu betrachten; seine äußere Form ist zunächst die einer Laube, die den Brunnen gleichsam schützend einhegt. Vier vierkantige Steinsäulen in deutscher Renaissance, oben zusammengeschlossen durch Kreuzbogen, deren knaufartige Vereinigung durch einen schildhaltenden Knaben gekrönt ist, umgeben den eigentlichen Brunnen, dessen Sockel sich in eine kelchförmige Brunnentrommel ausweitet. Ihren Rand schmücken groteske Masken von Seewesen, die in ansteigendem Strahl das Wasser ausspeien. Auf ihr stehen Bronzeputten, welche die geschweifte Hauptschale stützen. Den aus ihr emporsteigenden Brunnenknauf schließt mit gespreiteten Schwingen ein Vogel ab mit einer sich emporwindenden Schlange im Schnabel, die in zwei Strahlen das Wasser emporspeit. Das feine, gefällige Zierwasserwerk erscheint an diesem entlegenen Vorstadtplatze nur etwas zu sehr dem allgemeinen Blicke entzogen.

Vom Nornenbrunnen abgesehen, sind die zwei zuletzt enthüllten Wasserwerke K. Killers Fortunabrunnen am Isartorplatz und Ad. Hildebrands unvergleichlicher Hubertustempel vor dem Nationalmuseum. Ausschließlich als Platzschmuck war von Anfang an der Fortunabrunnen gedacht; er hätte aber ursprünglich auf den weiten Isartorplatz selber kommen sollen, wurde indes seinem älteren Stilcharakter entsprechend etwas weiter zurückgestellt, um an einem kleineren Platze einen guten Hintergrund an barocken Häusern zu finden. Auf einem zweistufigen Oktogon ruht die achteckige, ziemlich hochrandige Brunnenschale aus rotem Adneter Marmor, deren Wände in starken Hochreliefs Allegorien des Wassers und seiner mannigfachen Verwendung geben, beispielsweise die Erquickung durch das Bad, den Segen des Fischfangs, die Stillung des Durstes bei Mensch und Tier. Sind zwar die Figuren technisch dem Material und dem gegebenen Raum tüchtig angepaßt, so wirken sie doch etwas bewußt archaisch und etwas zu abhängig von alten Bildwerken. Auf viereckigem niedrigem Marmorsockel erhebt sich dann der runde, korbartig gestaltete Brunnenstock aus Bronze, an dem vier Männermasken aus je einer Röhre einen dreifachen Strahl emportreiben. Über ihnen erheben sich vier bronzene Fischweibchen, in deren gegeneinander ausgestreckten Händen die Muscheln ihre Wasserstrahlen aufwerfen. Auf einem durch einen Früchtekorb gekrönten Knauf erhebt sich endlich die nackte volle Gestalt der Fortuna, die in einem mächtigen Füllhorn Früchte darbietet. Die ganze Anlage wirkt zwar an sich ästhetisch befriedigend, und doch erscheint der von mittelalterlicher Kunst allzusehr abhängige Brunnen, da er gar keinem praktischen Zweck dient, mit seinen zahllosen Wasserröhren heute als ein Anachronismus. Man durfte für eine neue Zeit einen mehr entsprechenden künstlerischen Ausdruck verlangen, der nur in originellerer Fassung der Grundidee zu erreichen war. Wie unter andern der Nornenbrunnen, so ging auch der Fortunabrunnen aus Mitteln der Matthias-Pschorr-Stiftung hervor, die der Verschönerung Münchens durch öffentliche Kunstwerke gewidmet ist; ein Wettbewerb entschied für den noch sehr jungen Künstler, dem für vierjährige Arbeit 40.000 Mark zur Verfügung standen.

Während die bisher erwähnten Wasserspiele vorwiegend dekorativen Zwecken dienen und so als Kunstwerke durch ihre Lage im Aufbau gebunden und im Sujet auch ziemlich eingeschränkt waren, blieb für den Hubertustempel dem Künstler in der Ausgestaltung des Stoffes der freiste Spielraum. Die Lösung der künstlerischen Aufgabe ist hier in hervorragender Weise geglückt und sollte vorbildlich werden für die Auffassung des Wesentlichen an einem Kunstwerke beziehungsweise seinem Stoffe. Wie schwer zum Beispiel war es gerade bei diesem Thema der »Novelle«, dem interessanten Vorgang auszuweichen, der in der Bekehrung des Jägers beim Anblick des kreuztragenden Hirsches liegt? Hildebrand hat das Bekehrungsmotiv innerlich wie äußerlich vom Thema abgelöst, indem er den Hauptwert der Sage in der Heiligkeit der Waldesstille, in ihrer tieffriedlichen Stimmung und in der Liebe zu den Tieren des Waldes sah.

Mit dieser hatte der Jäger in erster Linie nichts zu tun; er war sogar störend. Hildebrand entfernte ihn darum und sah sich nun ausschließlich vor dem Thema: Waldesfrieden, dessen Ausdruck er seine ganze Kraft widmete.

Im lauten Getriebe des Tages und seiner alles gleichmachenden Helle war dieser Ausdruck kaum hinreichend wiederzugeben. So schloß der Künstler denn das Tier von der tosenden Außenwelt ab; er stellte es in ein Tempelchen, dessen hochgewölbtes Dach den Eindruck eines hohen Walddoms hervorzauberte. Aber selbst in dem geschlossenen Raum schützte er das Tier noch weiter, indem er es in die Mitte eines andern Brunnenbeckens stellte, dessen klares, von keiner geringsten Welle gekräuseltes Wasser einen Waldteich vorstellen mag, über dem sich auf roten Syenitsäulen wie auf Baumstämmen die Kuppel gleichsam als Waldesdach wölbt. Mit stilisiertem Zweigmuster vergitterte Kuppelfenster täuschen das ins Waldesdunkel einfallende Himmelslicht vor.

Der Bronzehirsch, der zwischen den Geweihstangen das vergoldete, strahlende Kreuz trägt und aus glänzendtiefen Augen blickt, ist eine Tierplastik von edelster Einfachheit und Größe. Frei von jeder aufdringlichen Realistik offenbart sich Hildebrands Stilgefühl in dieser Figur wiederum mit zwingender Monumentalität. In dem kühlen Tempelchen, dessen Teich durch keinen wahrnehmbaren Quell gespeist wird, ist der Eindruck des geheimnisvollen Waldesschweigens überwältigend. Da erst merkt man, welche theatralische Störung der kniende Hubertus in diese Stille hineintragen müßte. Hildebrand hat ihn daher, um die Beziehung zur Legende nicht völlig abzureißen, als Abschluß des Tempeldaches angebracht, den Speer in der Rechten, in der Linken ein Geweih; die kniende Gestalt gibt dem Eintretenden gleichsam von weitem die Mahnung, Ehrfurcht vor dem Walde, seinem Getier und seinem Frieden zu haben.

Der Hubertustempel ist ein Geschenk der Stadt an den waidfrohen Prinzregenten und ist vor dem Nationalmuseum auf der etwas erhöhten Terrasse in schöner, aber einfacher Architektur errichtet. Wie mancher geht an dem unauffälligen Tempelchen vorüber, nicht ahnend, daß er hier die Waldesstille mit all ihrem Zauber mitten in der Großstadt haben könnte und ein unvergleichliches Kunstwerk zu genießen verabsäumt.

Schultze-Naumburg:

»Kulturarbeiten«

Wenn man auch zugeben muß, daß Sitte und Unsitte, Fug und Unfug ihre Zeit haben und sich ausleben müssen, bis andere sie ablösen, so möchte man doch wünschen, daß diese Bücher, die ihr Verfasser mit so großem Recht Kulturarbeiten heißt, schon vor einigen zwanzig, fünfundzwanzig Jahren erschienen wären. Man lebt eben, trotz aller Überzeugung von der Notwendigkeit oder der Unabänderlichkeit der Entwicklung, doch des schönen Glaubens, daß vieles, was uns plagt und bekümmert, nicht hätte sein müssen und sich zum Erfreulichen gewandt hätte, wenn der Prediger und der Prophet früher, will sagen: rechtzeitig aufgetreten wäre. Und in der Sache, von der hier die Rede sein soll, wünschte man dies vornehmlich. Denn es ist keine Freude, beinahe auf Schritt und Tritt an dem Sinnesorgan verletzt und gekränkt zu werden, ohne dessen fortwährende Wachsamkeit wir eben auf Tritt und Schritt stolpern oder sonstwie Schaden nehmen würden. Und weil wir Kulturmenschen, wie wir uns so eitel nennen, gerade das Auge so sehr bilden und verfeinern, gönnten wir ihm gerne die edelsten Genüsse. Selbst wo man uns mit der Ausrede kommt, die Lebenshaltung eines Volkes, im Mittel gerechnet, verlange dieses oder jedes bescheidene Maß als etwas Notwendiges, da noch werden wir indigniert und brummen etwas von Armuts- und Bettelansichten. Was aber das Traurigste ist: Wo man uns Dürftigkeit vorlog, da war Reichtum, Schönheit, Behagen, und es hätte nur einigen guten Willens bedurft, so wäre uns dies erhalten geblieben. Und wo das Vorbild wirklich weichen mußte, da war nicht unabänderlich verlangt, daß das Nachbild – wenn ich so sagen darf! – weniger schön als jenes werden mußte; oder vollends häßlich, wie es überall geschehen ist. Auf diese Weise ist die Armut allmählich geschaffen worden; eine Dürftigkeit für das Auge wie für das Herz, die uns gar nicht mehr an Schönheit und Reichtum glauben läßt, weil das Auge, das sie täglich sehen muß, ein mißtrauischer Realist ist und sich nicht will täuschen lassen.

Schon um diese Verarmung, ja diese zielbewußte Auspowerung unseres Volkes zu verhindern, wünschten wir, daß Schultzes »Kulturarbeiten« schon vor einem Vierteljahrhundert erschienen wären. Gegen diese nämlich sind sie vorzugsweise gerichtet, und es beweist wirklich, wie ungewöhnlich reich an Architekturschätzen wir waren, daß der Verfasser heute noch so viele schöne Beispiele im Bilde vorführen kann, die er geschützt und erhalten sehen möchte. Vor 25 Jahren aber begann die Verwüstung; hier die Zerstörung des Schönen, dort der Aufbau des Häßlichen. Nun: Mit dem Toten finden wir uns ab; mit dem Lebenden aber, das das Häßliche ist – mit dem müssen wir leben und umgehn! …

Von den »Kulturarbeiten« liegen mir vier Bände vor: Hausbau; Gärten; Neue Bilder von Gärten; Dörfer und Kolonien. Zwei davon sind bereits in zweiter Auflage erschienen; auch hat der »Kunstwart«, in dessen Verlag (Gg. D. W. Callwey in München) die Arbeiten erschienen, schon für eine große Verbreitung gesorgt. Man kann also wohl sagen: Der Boden ist gelockert. Und die Saat ist auch da.

Der Verfasser, dem es mit seiner Sache heiliger Ernst ist, hat ein treffliches Mittel gefunden, den Leser zum Aufmerken zu verleiten und ihm die Augen zu öffnen: Er stellt im Bilde je einem Beispiel, das ein gutes Vorbild darstellt, ein Gegenbeispiel von überzeugender Häßlichkeit oder Geschmacklosigkeit gegenüber. Man kann wohl sagen, der Text, so fließend, sachverständig und überredend er geschrieben ist, tritt gegenüber der starken Bilderwirkung etwas zurück; man hat ihn, glaubt man, eigentlich kaum mehr nötig bei dem wirksamen Gegensatz, in welchem das mit so viel Liebe

ausgesuchte Beispiel zu dem von Haß, Hohn und Spott ge-
wählten Gegenbeispiel steht; ich glaube fast, Schultze-Naumburg hat mit dem Instinkt des Malers dies Vorherrschen des
Bildes beabsichtigt; er will das Auge beschäftigen, schulen
und bilden, und dies um so mehr, da er, wie er schreibt, sich
nicht an diejenigen wendet, die mit ihm für die gleichen
Ziele fechten und längst einig mit ihm im Geschmack gehn,
sondern an die, welche noch ganz fernab stehn; denen noch
nichts von der Erkenntnis dämmert, daß das Urteil unseres
bewußten Anschauens nicht allein »schön und häßlich« lautet, sondern »gut und schlecht« in beiderlei Sinn, nämlich:
»moralisch gut und schlecht«. Und weiter ist es sein Wunsch,
das Volk zu gewinnen: »den kleinen Bürger, die Bauern, die
Arbeiter: diejenigen, die am nachhaltigsten an der Umgestaltung unseres Landes tätig sind«.

Es wird Schultze-Naumburg ein Vorwurf gemacht, zu
dem man beim ersten Anblick seiner als Muster aufgeführ-
ten Beispiele ja wohl kommen kann: Er bleibe beim Biedermeierstil stehen oder wolle wieder zu ihm zurück. Nun blieb
dem Verfasser, wenn er nicht zu ganz entlegenen Stilen wie
der Gotik oder der Renaissance zurückgreifen wollte, die
mit der bürgerlichen Baukunst nichts oder sehr wenig zu
schaffen haben, gar nichts anderes übrig: Der Biedermeierstil weist die letzten Muster auf, welche noch von einer
guten Tradition bürgerlicher Architektur geschaffen sind.
Diese, im Rokoko ihre Wurzel, ja schon ihre hohe Ausbildung findend, in jenem Rokoko, das durch die höfische Usur-
pation äußerlichen Formenflitter annahm und dadurch den
Einwand gegen sich selber schuf, den man heute gemeinhin
mit diesem Stile verbindet, führte über das Empire hinweg,
das an ihr auch nur das Dekor, nicht das Wesen veränderte,
und erhielt schließlich im sogenannten Biedermeierstil den
Charakter bürgerlichen Behagens und einer breitbehäbigen
Zufriedenheit, die der Ausdruck jener Zeit war. Nicht senti-
mentale Rückwärtserei, die in jener Epoche ein besonderes

Ideal erblickte, noch auch künstlerisches Unvermögen hießen den Verfasser vorzugsweise zu diesen Beispielen greifen. Abgesehen davon, was er damit an erhaltungswürdigen Bauten dem Gewissen des Volkes vorführte, konnte er den Augen zugleich das Geheimnis lehren, wodurch diese Gebäude an sich wie in ihrer Verbindung mit ihrer Landschaft wirken, und wo ferner wieder angeknüpft werden muß, wenn von unserer bürgerlichen Baukunst nicht die Industriekiste, die Mietskaserne und die protzige Reißbrett- und Schulmeister-Renaissance für alle Zukunft jenes häßliche Bild geben soll, das uns heute wehtut, noch den traurigen Beweis, daß es unserer Zeit vorbehalten war, das Antlitz unseres Landes vandalenmäßig zu verschandeln.

Die gute Überlieferung in der bürgerlichen Baukunst hielt vor bis ins 4. und 5. Jahrzehnt des vergangenen Jahrhunderts. Dann kam – abgerechnet da und dort ein leises Abwärts – ein Stillstand. Es wurde in jenen Jahrzehnten überhaupt wenig gebaut. Als der Glücksfall des siebziger Krieges neue Unternehmungslust weckte und die Gewerbefreiheit Handel und Industrie belebte, wirkte ebendiese Freiheit besonders auf die Baukunst ein, besser gesagt: auf das Bauen. Und zwar baute man zu Handelszwecken – Häuserhandel, Bauspekulation – und zu Industriezwecken: Gründungsschwindel! Es ist begreiflich, daß die Industrie ihre Erzeugnisse zu verwerten suchte: die Ziegelbrennereien ihre Backsteine, die Sägereien ihr Bauholz, die Eisenindustrie alle ihre unzähligen Artikel. Die Backsteinbauten schossen empor; das Fachwerk, wo es überhaupt noch verwendet wurde, verlor sein einfaches, tüchtiges und doch immer reichlich wechselndes Bild und wurde einer entsetzlich nüchternen Schablone unterworfen; es galt eben, schnell, gewinnbringend und so vor allem einförmig zu bauen, da ja das Haus nicht nach Gemüt und Seele eines dauernden Besitzers, der auf sein Behagen schaute, gebaut ward, sondern um als Handelsobjekt von Hand zu Hand zu gehen und keinem eine bleibende Stätte zu werden. Erbauer wie Käufer waren einer für den andern namenlos, waren und blieben einander Fremde. Die Eisenindustrie endlich verleumdete das Holz als undauerhaft, unpraktisch, unschön. Hier fand die miserabelste Umwertung aller Werte statt, welche die Architektur je betroffen hat; die bürgerliche und bäuerliche Baukunst ganz besonders. Ihre Lüge schaut aus der ganzen heutigen Bauindustrie heraus als ihr schlechtes Gewissen, das uns, die aus ihrer Umgebung nicht herauskommen, beunruhigt und quält, als wenn es unser eigenes wäre...

Weiter ist begreiflich, daß, wenn einmal der Nützlichkeitsweg beschritten war, man darauf weiterging und auch Gründe dafür vorbrachte. Vorzubringen sucht! Das Minderwertige ist immer mit Gründen bei der Hand. Die schwachen Gründe aber bringt man vor, die stärkeren Gegengründe, falls man sie kennt, verschweigt man. Und was wird – bei genauerem Hinsehen – begründet? Nichts als der Wert, der Vorzug der Schablone. Als dieser erst dem Bauenden, sagen wir dem Hausverkäufer, plausibel gemacht war, verstand es sich von selbst, daß man mit Anwendung eines Schemas rascher und gewinnbringender baute, als wenn erst alles nach den besonderen Wünschen dessen, der ein Haus für seine und seiner Familie Behaglichkeit wollte, weitläufig ausgesonnen und berechnet werden mußte. Man verschwieg, daß die Anlage des Hauses vom Grundriß aus geschieht und nicht von der Fassade und ihrem Anblick aus. Man verschwieg, daß mit der praktischen Einteilung sehr wohl innen wie außen die Schönheit, obzwar in der größten Einfachheit, verbunden werden kann. Man verschwieg auch, daß in der Baukunst die Schönheit die Zweckmäßigkeit, die richtig verstandene Brauchbarkeit, geradezu zur Grundlage hat, und endlich, daß der Grundriß nach seinen Zwecken sich auch in der Fassade wiederspiegeln soll; z. B. auch in der Entfernung der Fenster voneinander; in ihrer Höhe, Breite und Erhebung über den Fußboden. Dadurch kam freilich

Unsymmetrie in die Fassade, nicht aber Unharmonie. Erst in der Harmonie, wobei innerer Kern und äußeres Abbild sich restlos decken, ist die Schönheit erreicht, im Reichsten wie im Einfachsten; und wenn die Forderung der Symmetrie eine Verlegenheit um Besseres ist, so ist es vollends töricht, auf den menschlichen Körper, wie es geschieht, zu exemplifizieren: Da er Symmetrie besitze, müsse auch ein Gebäude sie haben, da es ein Abbild des menschlichen Leibes sei! Denn abgesehen davon, daß bei ihm nur in aufrechter Haltung Symmetrie der äußeren Teile zu sehen ist, sind die inneren Organe, die von keinem geringeren Werte sind als jene, durchaus unsymmetrisch angeordnet. Nicht unpraktisch deshalb. Der Bauschulmeister hätte es freilich besser gemacht.

Hier höre ich noch eine Einwendung; ich erwidere darauf: Wenn zwar bei der Teilung nach dem sogenannten goldenen Schnitt, der meist mit ungleichen, nur in Proportion zueinander stehenden Teilen operiert, sich schließlich auch die Proportion 1 : 1, d. h. die Symmetrie ergibt, so bestreite ich nicht, daß sie in der bildenden Kunst wie in der Baukunst für die Einteilung zur Steigerung und Geschlossenheit der Wirkung verwendet werden kann; unter welchen Umständen aber? – Das ist, wie jeder Künstler weiß, ein heikel Kapitel. Hier sei nur dies gesagt, daß der Baumeister sie heute nicht als alleingültig ausrufen darf, wenn er nichts weiter damit will, als die Dürftigkeit seiner Phantasie zu maskieren.

Eben aus praktischen Gründen ist die Gleichmäßigkeit der Einteilung in der Fassade nicht nötig, ja großenteils unrichtig, verlogen, unpraktisch. Es ist nicht gesagt, daß ein Wohnzimmer von einer bestimmten Breite und Tiefe dasselbe Licht oder doch dieselbe Fenstereinfügung brauche wie etwa ein gleichgroßes Schlafzimmer oder ein Atelier oder Arbeitszimmer. Die beabsichtigte, den Zwecken freilich entsprechende Unsymmetrie ist an alten guten Häusern nichts weniger als selten. Und nicht, daß sie störte; sie ist dem Auge eher gefällig, das hinter ihr die Zweckmäßigkeit sieht. Ein schnurriges Beispiel habe ich gewählt in der Giebelkrönung über zwei Torbögen. Wer weiß – jeder weiß es! –, wie ein Bauschüler oder ein Baumeister heute diese Aufgabe löste! Da der ganze Geist der Baukunst rein industrialistisch, also auf Zeitersparnis und Massenproduktion aus ist, war es ein Mißstand, daß man beim Grundriß nicht über das Schema hinauskam zur Symmetrie wie bei der Fassade: Ein Genie verfiel auf das Doppelhaus und löste damit die Frage. Äußeres und Inneres waren nun gleich nüchtern und phantasielos, und bei dieser Art zu bauen war es unbestreitbar das Vernünftigste, die Häuser geschlossen zu setzen und in eine schnurgerade Straßenflucht zu bringen: In der Langweiligkeit dieser trostlosen Fassadenparaden verschwand das einzelne, jedes persönlichen Gepräges ermangelnde Baugebild, und man sah nur die uniformierte Richtung, an der kein Unteroffizier mehr was auszusetzen hat: die dürftigen Gärtchen, die Türschwellen, die Fenstersimse, die Gurten, die Dachgesimse, die Firsten – alles in gleicher Linie. Wer ruft da noch: Richt euch! Fühlung nehmen!?

Dem gegenüber pflegt man sophistisch zu rühmen, daß unsere heutigen Bauten im Ganzen doch mehr Fensterflächen besäßen als die guten alten Bürgerhäuser. Somit auch mehr Licht. Rechnet man dabei – wie Schultze-Naumburg richtig sagt –, daß unsere Häuser viel mehr einzelne kleine Zimmer haben, wovon jedes ein Fenster beansprucht, wo liegt dann ein Vorteil? Worin liegt aber, im Vergleich mit dem angenehmen Zimmerlicht alter Häuser, das unangenehme der neuen? Nimmt man zwar, wie wir, die Fenster hoch und schmal, so sitzen sie dafür auch zu nahe am Fußboden und sind oben so gründlich mit Gardinen verhängt, daß das Zimmer im Halbdunkel bleibt, die Decke gar kein Licht hat, es im Zimmer zu zerstreuen, auf dem Fußboden aber allein ein heller Fleck spielt, der, wie jeder schon bemerkt hat, besonders von Parkettböden aus zurückstrahlend, den Augen wehtut. Beweis genug für die ungünstige Beleuchtung unserer Zimmer ist auch der Umstand, daß es so schwer fällt, in ihnen Gemälde oder Stiche so zu hängen, daß sie zu etwelcher Wirkung kommen. Bei den alten Häusern hingegen sitzen die Fenster höher, so daß sie das Licht an die Decke werfen, von wo aus es durch den ganzen Raum spielt; in alten Schweizerhäusern – besonders auf dem Lande – reichen sie vielfach bis fast unmittelbar an die hellgetäfelte lackierte Decke, die die Helle bis in alle Tiefen des Raumes wirft. Und hier beginnt auch schon die Wirkung aufs Gemüt, insofern Licht uns heiter und behaglich stimmt, Halbdunkel aber trüb und schwer. So kommt es, daß wir, eins wie's andre symbolisch deutend, dem Haus die entsprechende Gemütsart beilegen.

Mit der Einführung des Eisens an Stelle des Holzes ist weiterhin ein Mißgriff im Material gemacht worden, den alle Nützlichkeitsvorwände nicht aus der Welt schaffen. Abgesehen sogar davon, daß das Eisen seine Tragkraft – als Säulen wie als Unterzüge verwendet – noch nicht durch Jahrhunderte hindurch so bewährt hat wie etwa Eichenholz, so ist auch sein Eindruck aufs Auge kalt, hart, nüchtern im Vergleich mit Holz in gleicher Verwendung. Man sehe ein hölzernes Gartenhag neben einem eisernen: dort breitere Latten, die ziemlich nahe nebeneinandergesetzt und hell angestrichen den Garten nach außen wie eine Wand abzuschließen scheinen und so dem neugierigen Blick der Vorübergehenden wehren; hier dünne, graugestrichene, steifgerade, kalte Stäbe, die, verhältnismäßig weit auseinander, jeden Einblick in den Garten freigeben und seinen Besitzer zwingen, statt der abschließenden Traulichkeit seines Gartens – selbst des einfachsten – dem Passanten eine reiche protzige Anordnung zu weisen. Ehedem wollte man nicht gesehen sein und richtete sich darauf ein; jetzt aber wird man gesehen und – muß sich danach einrichten. Ein Gleiches ist zu sagen über Art und Zweck der hölzernen Gartenlauben oder der gemauerten Gartenhäuschen, die mit ihrer hellen Farbe wie kleine Tempelchen im Grün standen, die bei kühler Witterung hinlänglich warm und behaglich für den Gartenaufenthalt waren und ebenfalls gegen die Außenwelt abgeschlossen, über die sie durch ein oder zwei Fenster Überblick genug boten; die einfachsten und wichtigsten praktischen Anforderungen waren erfüllt.

Im modernen eisernen Gartenhaus friert man, wenn man nur an die Berührung seiner Pfosten und Stäbe oder an das Betreten seines Zementbodens denkt; und dann ist es immer noch gedankenlos auf Straßenhöhe gesetzt und in ihre Flucht selber, daß man nirgendshin einen Ausblick und Überblick hat, selber aber immer vor aller Welt auf dem Präsentierteller sitzt.

Es gilt bei der ganzen ernsten Sache, die Schultze-Naumburg aufgegriffen hat, nur auf wenige Dinge hinzuweisen, um alle Leser, die »eines guten Willens sind«, schnell zu belehren. Sie sehen dann, mit welcher praktischen Hand und welch praktischem Nachsinnen der frühere Baumeister gearbeitet hat, während was man heute praktisch nennt, nur für den ersten Augenblick dem Geldbeutel gilt. Um sich bald um so gründlicher als in jeder Hinsicht unpraktisch, ja untauglich und schädlich zu erweisen. Wenn man früher an den alten Häusern immerwährend so viel auszubessern gehabt hätte wie heute an unsern »praktischen« neuen! Und wenn man darin so nüchtern, so unbehaglich, so heimatlos gelebt hätte …! Warum machen sie auf uns den Eindruck des Behaglichen, Wohnlichen, Heimeligen? Auf uns, die wir doch so weit fortgeschritten sind, daß wir nie mehr, auch in der Frage unseres Heims, Sehnsucht haben dürften nach vergangner Zeit? Ich habe mit freundlicher Rücksicht auf den geneigten Leser nur »Beispiele« aus Schultze-Naumburg ausgewählt; die »Gegenbeispiele« findet jeder täglich bis zum Überdruß um sich herum. Vor den Wirkungen des modernen »praktischen« Geistes ist keine Gegend unseres Landes verschont geblieben. Während sie früher sich alle durch ihr Haus voneinander unterschieden: der Schwarzwälder vom Thüringer, der Schweizer vom Rheinländer, der Schwabe vom Vierländer, und während vordem einer im bergischen Haus sich wohlfühlen und doch Heimweh bekommen konnte nach seinem Schwarzwälder Strohdach, haben wir heute überall ein und dasselbe Haus und nirgends Behagen und überall Heimweh nach einem Haus, das nicht mehr ist oder doch zu verschwinden droht. Wenn man sieht, was um uns her an hunnenmäßiger Verwüstung geleistet worden ist, so bedauert man, wie der Herausgeber dieser Zeitschrift in seinem Marksburgaufsatz, daß es für die Zerstörung guter Bauten noch keine Paragraphen im Strafgesetz gibt. Denn es handelt sich bei unserer Architektur guten Stils um unersetzliche Kunstwerke. Kunstwerke nicht geringer als manches alte Gemälde, das in seiner Galerie nicht mit den Fingerspitzen berührt werden darf; oder als eine Vase, ein Spiegel, eine Fayence, wofür die Museen wetteifernd ihr Gold hinlegten und die Gelehrten ihre Monographien schrieben.

Erst wenn man sieht – wie allein diese vier Bände »Kulturarbeiten« es zeigen –, welch eine große Menge des Vortrefflichen noch in unserm Lande vorhanden ist, kann man sich beglückwünschen, daß dieses treffliche Werk als Mahner und Warner erschienen ist. Noch rechtzeitig! Aber es war höchste Zeit. Denn was innerhalb der letzten zwanzig Jahre an einfach-schöner und charaktervoller ländlicher wie städtischer Baukunst hat fallen müssen, wodurch das ganze Wesen einer voreinst ganz eigenartigen und persönlich herausgebildeten Landschaft international uniformiert wurde, zeigt kaum ein Landstrich deutlicher und wehmütiger als die Rheingegend. Orte, die arm sind, oder die keine Industrie bekommen, halten sich noch am sichersten beim früheren Aussehen; der Eindruck z.B., den der alte Teil von Rhens auf den macht, der ihn zum erstenmal betritt, ist unauslöschlich. Auch Oberspay, das ehemals blühende, jetzt brachliegende Salmfischerdorf, zeigt nach dem Rhein hin noch alle Spuren seiner früheren guten bürgerlichen Architektur. Was aber ist aus Boppard geworden? Und aus St. Goarshausen; aus Aßmannshausen und Rüdesheim? Wer würde noch staunen und es als etwas Fremdes empfinden, wenn über Nacht Boppard an den Zürcher See verpflanzt würde? Oder Goarshausen nach Kolmar, Rüdesheim nach Stuttgart? Auch Bacharach ist in Gefahr und hat schon einiges eingebüßt. Und doch hatten gerade diese schönen Rheinstädtchen beinahe an jedem ihrer alten Häuser ein Vorbild, um einen fühlenden Baumeister bei Neubauten, die etwa nötig wurden, so zu leiten, daß ohne viel Mühe der völlig eigne Charakter des Städtchens gewahrt blieb, sogar ohne daß die Baupolizei zu kurz kam! Und die Gefahr ist noch nicht gebannt; der allgemeine Geschmack geht durchaus auf das Schablonenhaus. Ein Rheinländer, den ich im Eisenbahnwagen traf, sprach seine Freude darüber aus, daß das alte Gerümpel endlich allenthalben wiche. Es gehe nur zu langsam, sagte er; vor einigen Jahren habe jedes dieser Städtchen seinen eifrigen Verschönerungsrat gehabt. Man solle solche Wohltäter gewähren lassen; man sehe ihnen heute leider zu sehr auf die Finger. Und er sang ein Loblied auf den roten Hahn...

Aber indem ich da klage, zeigt sich doch allenthalben, daß es besser wird. Die neueste Richtung der Baukunst hat durchaus gute Ansätze und hat verstanden, auf den alten bürgerlichen Stil zurückzugreifen, ohne sein Nachtreter zu werden. Zwei meiner auserwählten Beispiele aus den »Kulturarbeiten« lassen erkennen, wie modern neuesten Stils man eigentlich früher schon gebaut hat. Aber trotz diesen guten Zeichen möchte man, wie ein Berliner Kritiker sich ausgesprochen hat, Schultzes Bücher in einer Million Exemplaren über ganz Deutschland ausgestreut sehen. Es ist noch sehr viel zu tun...

Beim Abfassen dieser Besprechung kommen mir zwei erfreuliche Nachrichten unter die Augen. Sollte der Witterungswechsel bereits in der Luft liegen? Der Ort Burgau, der an Jena fallen soll, macht Bedingungen, daß bei allen Neubauten auf das gute Vorhandene, das seinen besonderen Charakter ausmache, jede Rücksicht genommen werde. Ferner hat der Bergische Geschichtsverein dem Oberbürgermeister von Elberfeld die Anregung gegeben, den bergischen Baustil wieder zu beleben. Bauverwaltung und Baupolizei zeigen, wie der Bürgermeister nun mitteilt, das weiteste Entgegenkommen: In die Bauordnung werden entsprechende Vorschriften eingereiht; die Stadt gibt einen Beitrag zu dem vom Geschichtsverein geplanten Preisausschreiben zur Erlangung von Entwürfen im bergischen Stil. Und ein Architekt regt unter Mitwirkung anderer Architekten ein besonderes Studium dieses Stils an.

Famose Architekten! Merkwürdig vernünftige Baupolizei ...

Die neuen Isarbrücken in München

Im September 1899 zerstörte das Hochwasser der Isar einen großen Teil ihrer schönen Uferanlagen und zugleich innerhalb zweier Tage die beiden nördlichen Verbindungswege zwischen Stadt und Vorstädten, nämlich die im Eisengitterbau hergestellte Max-Josefs-Brücke, die vom Englischen Garten nach dem damals noch ziemlich dörflichen Teil Bogenhausens führte, und die gleichfalls in Eisen ausgeführte Prinzregentenbrücke, die mit der Friedensdenkmalsanlage zusammen eine monumentale Verbindung zwischen der Stadt und dem neuen, vornehmeren Teil Bogenhausens bildete. Bei der Wiederherstellung der vernichteten Bauwerke mußte die Stadtverwaltung gleicherweise auf verkehrstechnische wie ästhetische Fragen Rücksicht nehmen; denn der Verkehr zwischen der auf der westlichen und der auf der östlichen Isarseite gelegenen Stadt hatte sich so gesteigert, daß die alten Brücken – so neu sie verhältnismäßig auch noch waren – ihm nicht mehr lange hätten genügen können und diese veränderten Umstände auf lange Jahre hinaus gebührend in Rechnung gezogen werden mußten. Anderseits begann aber auch das Stadtbild zu beiden Seiten des Flusses sich ganz wesentlich zu verändern; nicht nur, daß – besonders auf dem linken Ufer – große, vornehme Bauten ausgeführt worden und bis zum Englischen Garten hinab geplant waren, es mußte auch rechts und links das Ufer des oft recht gewalttätigen Bergflusses durch hohe und starke Schutzmauern ausgebaut werden, was nun im Verein mit den großen Privatgebäuden ein völlig anderes Uferbild ergab, in das sich die zierlichen Eisenbrücken keineswegs mehr harmonisch eingefügt hätten; ihre tektonische wie die malerische Wirkung wäre im Gegenteil durch das groß- und weitangelegte Baubild beeinträchtigt oder ganz aufgehoben worden. Dem widersetzte sich der Münchner Künstlergeist, und so wurde die ästhetische Forderung nicht minder tatkräftig aufgestellt als die verkehrstechnische, zu deren guter Lösung am Ende die praktischen Gründe genügend mitgewirkt hätten. Nun war es ein Glück, daß München die Männer besaß, denen solche Aufgaben mit dem vollen Vertrauen auf die richtige Erfüllung zugewiesen werden konnten, und heute, da die Brücken vollendet sind, zeigt es sich, daß die Stadtverwaltung eine glückliche Hand bewies und das schöne Flußbild durch diese Wasserbauten so harmonisch gestaltete, als man es von dem Geiste einer Kunststadt mit Fug erwarten konnte.

Der Bau dieser Verbindungswege wurde der Firma Sager & Woerner in München und Aschaffenburg übertragen, welche die Entwürfe und die ingenieurstechnischen Arbeiten ausführte und für den tektonischen und plastischen Schmuck der Brücken die entsprechenden Männer heranzog. Waren diese nun, was die Pfeilerstärke und -ansicht, die Linienführung der Bogen, kurz die Silhouette der Brücken anbetraf, ziemlich durch die Vorarbeiten der Ingenieure und Techniker festgelegt, so wurde ihnen doch in ihrer künstlerischen Betätigung alle nur mögliche Freiheit gewährt, und es ist anzuerkennen, daß die drei Parteien einmütig zusammengearbeitet haben, die Bauten zu verkehrstechnischer und ästhetischer Vollendung zu führen. Fürs Tektonische wurden Professor Fr. von Thiersch und der jetzt in Stuttgart wirkende Professor Theodor Fischer berufen; den plastischen Schmuck übertrugen Sager & Woerner verschiedenen bewährten Münchner Bildhauern, unter ihnen Professor Georg Wrba, Franz Drexler, Ludwig Dasio und andere, deren Namen weiter unten bei den von ihnen geschaffenen Werken genannt sind.

Einen Neubau der Maximiliansbrücke, welche die schönste Straße Münchens, die Maximiliansstraße, mit Haidhausen und dem davor gelagerten Maximilianeum verbindet, erforderte weniger der Verdacht, daß auch diese Brücke durch das Hochwasser gelitten haben könnte, als vielmehr ihre Unzulänglichkeit gegenüber dem hochgesteigerten Verkehr, ganz abgesehen von ästhetischen Gründen, die auch bedeutend mitsprachen. Aus den gleichen Ursachen mußte auch die auf Pfählen ruhende Reichenbachbrücke aus Holz – eigentlich nur ein provisorischer Notsteg – endlich weichen; die südlichste (also isaraufwärts liegende) neue Münchner Brücke wurde dann – wenn man von dem Talkirchner Holzsteg absehen will – die Wittelsbacherbrücke.

Im allgemeinen wäre zu sagen, daß diejenigen Bauten, die Theodor Fischer tektonisch geschmückt hat: die Max-Josefs-, die Prinzregenten- und die Wittelsbacherbrücke, einfacher und strenger gehalten erscheinen als die Bauten Thierschs. Sie zeigen vor allem wenig tektonischen und im ganzen auch nur spärlichen, dafür aber immer vorzüglich passend angebrachten plastischen Schmuck. Um mit der Wittelsbacherbrücke zu beginnen, so ist an ihr besonders die anspruchslose und doch so kräftige Linienführung hervorzuheben. Die Fahrbahn der Brücke läuft über vier ziemlich flach gespannte Bogen, deren beide äußeren aus den schweren Quadern der Uferschutzmauern entspringen und deren Charakter durch den Rustikabau des Brückenkörpers hindurch fortführen. Über den sehr ungleichstarken Pfeilern – den stärksten nördlichen abgerechnet – erheben sich aus dem massiven Fahrbahngeländer je zwei sich gegenüberliegende einfache und gefällige Steinerker, von denen aus sich das Landschaftsbild wie in einem weiten Rahmen gesammelt zeigt. Auf der Südseite, am stärksten Pfeiler, erhebt sich ein eigenartiger, mit einer Treppe versehener durchbrochener Unterbau, der ziemlich hoch über die Fahrbahn emporragt und den einzigen bildnerischen Schmuck der Brücke trägt: die monumentale, aus Stein gehauene Reiterstatue Ottos von Wittelsbach, die mit bedeutender Wirkung, fast mehr tektonisch als plastisch, diesen Unterbau krönt. Sie ist ein Werk des bekannten jungen Bildhauers Professor Georg

Wrba, der kürzlich an die Stelle Schillings nach Dresden berufen wurde. Der Gesamtanblick der Brücke, besonders vom Flußbett aus, gewinnt sehr durch diese tektonische Ausschmückung, welche die sonst trotz der Steinlauben etwas strenge Linie der Fahrbahn angenehm teilt und unterbricht. Die dort fast ausschließlich mit Waagerechten wirkende Landschaft erheischte für die Horizontale der Brücke diesen Kontrast durch eine Senkrechte.

Das Flußbett weiter nordwärts gestattete wegen seiner geringen Breite – es fehlen hier die südwärts recht ausgedehnten Geröllinseln – eine einfachere konstruktive Lösung. So spannte denn der Architekt bei der neuen Prinzregentenbrücke einen einzigen kühnen Bogen zwischen den zwei breiten Widerlagern, die sich über die starken, aber weit tiefer liegenden Ufermauern emporheben. Trotz der scheinbaren Leichtigkeit, ja fast Grazie der Brücke, im Verein mit der nicht zu starken Wölbung der Fahrbahn hat man hier den Eindruck elastischer Stärke und hinreichender, ja sicherer Tragfähigkeit. Wie der eingestürzte, so ist auch dieser neue Verbindungsweg ein Geschenk des Prinzregenten. Die Länge der Brücke übertrifft die der früheren; auch erhielt sie statt der ehemals verwendeten Kandelaber-Obelisken an dem freien und erweiterten Eingang zur Fahrbahn je zwei schöne plastische Figuren, allegorische Darstellungen der vier Hauptgaue Bayerns. In Übereinstimmung mit der Einfachheit der Brücke und ihrer ganzen architektonischen Anlage ist auch dieser plastische Schmuck einfach gehalten, dabei aber doch in ziemlich bedeutenden Dimensionen, damit er sich auch gegenüber der nahen baulichen Umgebung der Prinzregentenstraße in hinreichender Wirkung hält. Weiteren plastischen Schmuck zeigt die Brücke noch zu beiden Seiten des Bogenscheitels: das bayrische Wappen und den Brückenschutzheiligen Nepomuk, beide Werke nach Modellen von Ernst Pfeifer in Kupfer getrieben. Die Fahrbahnbrüstung ist durchbrochen, um den Eindruck der Leichtigkeit zu erhöhen.

Ebenfalls in einem einzigen Bogen spannt sich die nördlichste, die Max-Josefs-Brücke, über den Fluß, die den Englischen Garten mit dem frei und vornehm gebauten Bogenhausen verbindet. Da sie nicht so hoch wie die Prinzregentenbrücke über dem normalen Wasserspiegel liegt, sind die beiden Enden des Brückenjochs wie auch die Widerlager durchbrochen, um bei Hochwasser dem Fluß keine zu breite Angriffsfläche zu bieten. Die infolge der Durchbrechung der Widerlager entstandenen Pfeiler erheben sich über die Geländerhöhe der Fahrbahn empor und bilden je zu dreien eine unter sich durch eine gegliederte Brüstung verbundene Gruppe, die durch Vertikale eine schmückende Unterbrechung in die lange Horizontale bringen. Die beiden äußeren, höheren und durch einen dreimal gebrochenen Rundbogen geschmückten Pfeiler zeigen auf der Innenseite der Brücke Allegorien der vier Elemente in Reliefs, während der mittlere jeweils eine plastische Gruppe aufweist, die in einfach und streng gehaltenen Figuren die Elemente deutlicher versinnbildlicht. Neben der einfachen und treffenden Symbolisierung ist die vorzügliche Raumfüllung der Reliefs und die zusammengehaltene Linienführung der Hauptplastiken zu loben; ihr tektonischer Charakter ist dadurch nach Möglichkeit gewahrt, und doch ragen sie als ein organischer Schmuck aus der schweren und starren Geländermasse heraus. Am Bogenscheitel trägt die Brücke ebenfalls ein in Kupfer getriebenes Schild: das Münchner Kindl in einem Eichenkranz. Das Modell dazu hat Jakob Bradl geschaffen.

Hat Theodor Fischer in den eben geschilderten Bauten die einfachere, vorzugsweise architektonische Zwecke erfüllende Form angestrebt und ihren plastischen Schmuck auch nur als durch die Architektur gerechtfertigt erscheinen lassen, so arbeitete Fr. von Thiersch, zumal in der neuen Maximiliansbrücke, auf einen gewissen Prunk des ganzen Bauwerks hinaus. Die hochgeschwungenen Brückenbogen sind auf der Nordseite durch Halbsäulen geschmückt, die auf vorkragenden Tragsteinen mit seltsamen, immer wechselnden Masken eine reichverzierte und vielfach gegliederte Fahrbahnbrüstung tragen. Die Bildhauerarbeiten an dieser Brücke stammen von Professor Th. von Gosen, Ernst Pfeifer, Schwesinger und Phil. Widener in München. Der Pfeilerkopf trägt ein monogrammisches und ein heraldisches Ornament über dem Kranzgesims, in dem zwischen Pflanzenranken menschliche Figuren geschickt raumfüllend eingefügt sind. Darunter, gleichsam stützend, ist das Münchner Wappen mit der Mauerkrone angebracht, modelliert von Ernst Pfeifer. Um auch das Münchner Kunstgewerbe zur Sprache kommen zu lassen, erhielt die Brücke zum Schmuck die hübschen Beleuchtungsmasten, die oben in einem Ring die großen Bogenlampen tragen. Während die Verzierung der Fahrbahnbrüstung von außen (vom nördlichen Isarufer) gesehen, einem feinen Schmuckband gleicht, fällt sie auf der Brücke selber kaum ins Auge und wird infolge der breiten und flachen plastischen Behandlung nur bei günstiger Beleuchtung besser bemerkbar. Und so erscheint die Fahrbahn denn einfach und schmucklos, und sie konnte als Unterbrechung ihrer etwas massiv anmutenden Brüstung recht wohl einen plastischen Schmuck ertragen, der das Auge anzog. Aus einem engeren Wettbewerb ging der Münchner Bildhauer Franz Drexler mit seiner schönen Pallasstatue als Sieger hervor, die er (in mehreren aufeinandergesetzten Teilen) aus Stein gehauen hat. Diese monumentale Plastik ist in ihrer großen, einfachen und streng-schönen Linienführung wie auch in Geste und Haltung ein Meisterwerk und für den künstlerischen Schmuck Münchens ein Gewinn, nicht geringer als die schon geschilderte Reiterstatue Georg Wrbas auf der Wittelsbacherbrücke.

Ist mit dieser Brücke, was Bereinigung tektonischer und plastischer Schmuckformen anbelangt, eine harmonische Lösung der künstlerischen Aufgabe erreicht, so erscheinen, gegen sie gehalten, sowohl die massige und wulstige Corneliusbrücke wie auch die neue Reichenbachbrücke anspruchslos und schlicht, aber von sehr guter und einheitlicher Wirkung als Zweckgebilde. Die umgebende Natur wie auch die Architektur der Ufer ist dort freilich sehr einfach und durfte nicht durch einen an Schmuckformen reichen Brückenbau beeinträchtigt werden. Das flache Flußbett, daneben die Horizontale seiner weiten Geröllflächen und das sich lang und etwas gleichförmig hinziehende Ufer lassen schon die einfachen Bogen der Reichenbachbrücke als einen wirksamen Kontrast und gleichsam als etwas organisch Durchgebildetes und Belebtes gegenüber Starrem und Totem erscheinen. Aber die Wirkung dieses Baues wird noch erhöht durch die schöne Doppelsenkrechte der beiden Türme der am westlichen Ufer emporragenden Maximilianskirche, für die, von Norden gesehen, die Brücke gleichsam die tragende Grundlage bildet. Dieser Momente scheint der Baumeister besonders eingedenk gewesen zu sein, als er der Brücke dieses bescheidene, aber starke und ehrliche Äußere gab. Der in einem groben Rustikabau gehaltene Brückenkörper findet eine etwas leichtere, gegliederte Krönung in der als mächtiges Kettenmotiv durchgeführten Fahrbahnbrüstung, die massigen Pfeiler einen bedeutenden, aber unaufdringlichen Schmuck in den groß und breit ins Viereck komponierten Reliefs, die Ludwig Dasio, Ernst Pfeifer und Fridolin Gedon geschaffen haben und die Allegorien des Wassers und der Fischerei vorstellen. So erscheint die Reichenbachbrücke als eine gleichsam vorbereitende Überleitung von der wuchtigen Corneliusbrücke zu der struktiv feiner gehaltenen und durch die tektonische und plastische Zier so bedeutend gehobenen Wittelsbacherbrücke. Die alte Brücke gleichen Namens, ein Eisengittersteg, wurde von der Firma Sager & Woerner weiter südwärts verlegt und in ihrer ehemaligen Gestalt wieder ausgeführt. Erwähnt sei hier noch die südlichste der von der erwähnten Firma erbauten Isarbrücken, jene, die Talkirchen mit dem Ostufer des Flusses verbindet, ein einfacher, aber struktiv sehr gefälliger Holzbau, der den geringeren Verkehrsansprüchen jener Gegend genügt und auch ästhetisch eine befriedigende Lösung bedeutet. Die Ludwigsbrücke soll hier, da sie älter ist, nicht genauer in Betrachtung kommen.

Nachworte

»Stromer« (II), Zeichnung 1927

Nachwort zu Johann Peter Hebels
»Alemannischen Gedichten«

Als Hebel 1803 seine »Alemannischen Gedichte« herausgab, besaß diese Mundart noch kein nennenswertes Schrifttum und verhielt sich aus politischer Gewöhnung und aus unverständlichem Mißtrauen, wie auch heute noch, gegen das Hochdeutsche zurückhaltend, als lehne sie lieber bauernstolz die Verbindung ab, in der sie nur gnädige Gunst eines Höhergestellten zu erkennen glaubte. Der Dichter überschritt natürlich solche enge Heimatgrenzen, um sich ein geistiges Hinterland zu schaffen; aber es liegt vielleicht in dem Umstand, daß er die Gedichte Freunden ländlicher Natur und Sitte widmete; auch das Eingeständnis, daß er sich damit nicht an umfänglichere Kreise wenden wolle, sich auch über ihre Verbreitung nicht sonderliche Hoffnungen machte.

In klarer Abschätzung seines poetischen Vermögens blieb Hebel stofflich innerhalb des engsten Bezirks: im Schwarzwälder Landleben mit seinen Sitten. Aber die Fülle, die er da fand, faßte er technisch mit so herrenhaftem Griff, mit so freiem, reinem, unbedenksamem Humor, mit oft so ungewöhnlicher Kühnheit, wie sie nur die Mundart erlaubt. Oder wie sie die Mundart fordert, wenn ihr Gebilde nicht nur aus papiernem Schriftdeutsch übertragen erscheinen will.

Der Dichter ist sich in der Schreibung nicht immer treu geblieben, gibt sie auch lautlich manchmal unrichtig. So schreibt er den au-Umlaut durchweg hochdeutsch: Staub – Stäubli; alemannisch er aber: Staübli, wie er hier überall durchgeführt wurde. Die Dehnung ist durch Verdoppelung des Zeichens gegeben: Hüüsli; gliich. Scheinbare i-Dehnung mittels e (Liecht, niemes, iez) ist zwar einsilbig zu lesen, aber zweilautig; auch im Vers.

Nachwort zu Johann Peter Hebels Erzählungen

Die Vorzüge, die Hebel in den »Alemannischen Gedichten« als Erzähler zeigt, erscheinen wieder in den »Geschichten des Rheinischen Hausfreunds«. Wohl verrät vielfach ein belehrender Ton noch den Erzieher und den Prediger, aber selbst die öfters angehängten »Item« oder »Merke« erscheinen als organische Teile, so rein sind technisch diese kleinen und kleinsten Kunstwerke bewältigt. Und Hebel ist wirklich mehr als Lehrer und Prediger, oder beides auf einer Stufe, wo es menschlich kein Mäkeln mehr gibt. Denn wie groß ist die Liebe, die er auch zu den geringsten unter seinen Gestalten wie zu den hohen trägt! Nimmt er nicht seine Eulenspiegel, seine Gauner und Spitzbuben, seine Falschmünzer und Löffeldiebe so nah an sein Herz, wie die einfältigen Kannitverstane, die edlen Wohltäter, die treuen Dienstboten und die guten Mütter, ja wie selbst die armen Gehenkten, die er noch am Galgen exerzieren und die Ehren erweisen läßt, wenn Amtmänner oder Offiziere vorüberreiten, gilt gleich der eine von ihnen als Verräter und Spion! Die Tragik lächelt noch, und in die heiterste Schnurre hinein dringt mahnend plötzlich die Posaune des Gerichts. Diese Geschichten sind wie das Leben: sie vereinen das Unvereinbare. Und wie dem menschlichen Leben kommt man ihnen nicht bei mit Besserwissen und Anderswollen; aber mit einem Geltenlassen des Unabänderlichen.

Nachwort zu Dorus Kromers »Die Amerikafahrt. Aus den Goldgräberjahren eines Schwarzwälder Bauernsohns«

Als ich vor geraumen 30 Jahren meinen Vater nach den Aufzeichnungen über seine Amerikafahrt fragte, übersandte er mir diese auf etwa 100 engbeschriebenen Briefseiten, ließ ihnen dann aber noch Nachträge folgen im Umfang eines Drittels der Hauptschrift. In diesen Ergänzungen hatte ich Wiederholungen zu tilgen und einige erzählende Breiten zu kürzen; im Ganzen hielt ich mich so nahe wie möglich an die Urschrift und renkte nur sprachliche Unrichtigkeiten ein, die dem einfach geschulten und mehr oder minder mundartlich denkenden Verfasser begreiflicherweise mit unterliefen.

Der Verfasser ist als neuntes unter den zwölf Kindern seines Vaters Dionys Kromer und seiner Mutter Maria, geb. Kaiser, am 4. April 1829 zu Birkendorf im südlichen Schwarzwald geboren. Die Eltern fanden ihr dortiges Gut als für den Betrieb zu klein und pachteten zunächst 1830 in Riedern am Wald ein größeres von 80 Morgen; kauften acht Jahre später aber ebendort den 200 Morgen umfassenden Weilerhof. Zum Unglück der Familie starb schon zwei Jahre später, mitten in der Umgestaltung des Gutes, der Vater nach kurzer Krankheit weg, kaum 40 Jahre alt. Die Frau führte die dringenderen Verbesserungen durch, baute zu dem wiederhergestellten Wohnhaus ein zweites und teilte 1850 das Gut unter die drei älteren Söhne, wobei unserem Amerikafahrer die Aufgabe zufiel, zu seinem Hofanteil, wie er in den Erinnerungen erwähnt, sich ein eigenes Haus zu erbauen.

Der Weilerhof liegt mitteninne zwischen dem kaum 400 Seelen fassenden Dorf Riedern und dem tiefen waldigen Tal der Mettma, an dessen Rand vormals die Raubburg der Ritter von Mandach lag, die heute nur noch die letzten ärmlichen Trümmer herweist. Vermutlich sind die umliegenden kleineren Höfe aus ihren Resten erbaut, womit wieder einmal der Bauer über den Ausbeuter Meister geworden wäre.

Der Knabe Dorus besuchte in Riedern die Volksschule, die in dem Gebäude des ehemaligen Klosters, richtiger gesagt: einer Probstei des Thurgauer Klosters Kreuzlingen, untergebracht war. Er erwies sich als Schüler, dem die Schule nicht den seinem Eifer gemäßen Wissensschatz vermitteln konnte, so daß er bedauerte, nicht doppelt so viel Lernstunden zu haben; es wäre sonst, wie er zu sagen pflegte, Besseres aus ihm geworden als dieseswegs. Solche Gesinnung erklärt in etwa seinen raschen Entschluß, aus gefestigten Verhältnissen heraus auszuwandern und in der Fremde seinen Mann zu stellen, unbewegt von möglichen Gefahren und unbeirrt durch wohlmeinende Warnungen der Verwandtschaft und der Heimat.

Seine Erlebnisse in Amerika, die erste Rückkehr in die Heimat, seine Verheiratung mit Maria Maurer, der Bürgermeister-Marei, und die Unternehmungen mit seinem Bruder bis 1866, wo er zum zweiten Mal nach Kalifornien geht, schildert das Buch. Nach der Heimkehr von dieser zweiten Amerikafahrt erwirbt er mit seinem Bruder Jakob von der badischen Regierung das Eisenwerk Schmelze im Hegau. Als sich 1870 die Brüder den Besitz teilen und der eine an Stelle des zerfallenden Schmelzofens eine Baumwollspinnerei errichtet, betreibt der Amerikaner noch kurze Zeit das Hammerwerk weiter, verwandelt es dann aber in eine Sägemühle, die er neben seinem Bauerngut her bis 1875 führt.

Seine Familie zählt jetzt fünf Kinder; er spannt diese, die zwischen 14 und sieben Jahren stehen, scharf in den Bauerndienst ein, trachtet dabei aber, jedem nach Neigung eine bessere Bildung angedeihen zu lassen. So besucht die einzige Tochter, die älteste, eine Mittelschule, ebenso der immer kränkelnde dritte Sohn zur Vorbildung für den künftigen Beruf als bildender Künstler; die übrigen drei bleiben nach eigner Wahl auf dem Gut.

Obgleich ihm 1880 die Frau wegstirbt, erwirbt er einen weiteren großen Hof, neben dem er die zwei kleineren im Dorf weiterführt; seine Tochter waltet als Bäuerin. Im Jahre 1884 befällt den ältesten und den jüngsten Sohn das Auswanderungsfieber; der Vater läßt ihnen, trotzdem er sie bei dem großen Dienstbotenmangel nötig brauchte, den Willen. Den beiden folgt zwei Jahre später der zweite Sohn, seine tüchtigste Kraft, und wieder nach einem Jahr, aus Gesundheitsrücksichten, auch die Tochter, worauf er die Güter zu verpachten oder zu verkaufen beschließt und 1889 den Kindern nach Kalifornien nachreist. Von dieser dritten Ausfahrt kehrt er 1897 zurück, ist nun aber fast immer im Schwarzwald mit seinem jüngsten Bruder Johann geschäftlich tätig, dabei auch wieder am Weilerhof beteiligt. 1901, als ihn sein in München lebender Sohn überraschend besuchen will, trifft er ganz zufällig und ahnungslos den Rastlosen auf dem Weg zur vierten Amerikafahrt, 50 Jahre nach seiner ersten.

In Fruitvale bei San Franzisko, wo er zuletzt weilt, befällt ihn im Frühjahr 1905 eine Lungen- und Brustfellentzündung, die den so gesunden und rüstigen Mann nach achttägigem Krankenlager am 10. Februar wegnimmt: merkwürdigerweise am Todestag seines Vaters und genau 25 Jahre nach seiner Frau und wieder auf den Tag 50 Jahre, nachdem er den Ort Fruitvale, wo er sterben sollte, zum ersten Mal betrat.

Bei seiner Umgebung und allen seinen Bekannten hüben wie drüben war er geachtet und beliebt wegen seines schlichten und unbestechlichen Wesens und seiner selbstlosen Hilfsbereitschaft, wo er solche für angebracht hielt. Lumpe waren dabei nicht seine Leute, und gegen jede Sorte Schwindels stand er feindlich. Seine Lebensauffassung zeigt er in einem seiner letzten Briefe: »Schon in früher Jugend, kaum elf Jahre alt, habe ich mir einen Wahlspruch eingeprägt, den ich auf dem Grabstein der Mutter meines guten Lehrers Keller las, die neben dem Grab meines seligen Vaters ruhte: »Selig der Mensch, der sein Leben geführt, wie er's im Sterben wünscht geführt zu haben.«

Prosa

Um nichts

Manchen Leuten läuft das Glück überall in den Weg und bietet sich als Begleiter an; aber sie haben das merkwürdige Geschick, es vor den Kopf zu stoßen aus irgendwelchen Gründen; und nachher wissen sie selbst nicht warum und bereuen es.

Frau Baldwig und ihre Tochter Grete standen unterm offenen Fenster und sahen in die Straße hinab, in den Lärm und das heitere Gewühl des Faschingssonntags. Beide Damen waren einander so ähnlich, daß nur die größere Leibesfülle der Mutter und die Zahl ihrer Jahre sie voneinander abhob; sonst aber schien es – besonders heute –, als wollten sie um jeden Preis einander gleichen; sogar Stimmung und Mienen schienen genau aufeinander eingestellt: Beide schauten schweigend und etwas unzufrieden drein; beide suchten, forschten, spähten erwartend nach jemanden in der Menge; beide glichen in der vornehm-stolzen und abweisenden Haltung und in den stummen, strengen Blicken zwei grollenden Königinnen; endlich fühlten sie sogar ganz das Gleiche: nämlich tiefe Bitterkeit über eine vermeinte Zurücksetzung und das Bedürfnis einer entsprechenden Rache an dem – geliebten Beleidiger.

Dort ging Berger wieder in seiner bunten Maske drunten in der Menge, Bonbons an allerlei Gänschen verteilend, wie schon den ganzen Nachmittag. Nur sie beide hatte er nicht sehen wollen, als sie drunten waren, und hatte jedesmal, wenn sie gerade an ihm vorbeikamen, seine Süßigkeiten verteilt und ihrer nicht geachtet. Mit böser Absicht, natürlich! dachten die Damen. Und doch waren sie nur seinetwegen gekommen. Denn um das Glück zweier junger Leute zu begründen, die sich, wie Berger und Grete, auf den ersten Blick fanden und liebten und auch sonst in ihren Eigenschaften zueinander paßten, durfte eine sorgliche Mutter dem künftigen Schwiegersohn wohl Gelegenheit bieten, sich auszusprechen. Man hätte neben Faschingsscherzen freundlich auch ernste Reden mit in den Kauf genommen, womit Berger ja damals auf dem Eise nicht gespart hatte; heute aber beschämte und erzürnte er die entgegenkommenden Frauen, indem er ihnen aus dem Wege ging und ihre Freundlichkeit zurückwies!

Es lag indes nur ein widriges Geschick vor, daß sich beide Teile heute noch nicht gesprochen hatten; aber man deutete dies da wie dort als böse Absicht und wußte bereits – wenigstens unter den beiden Frauen – wie man sich dafür rächen würde.

Da hatte er sie am Fenster erblickt! Mit einem wilden Jauchzer und einem gewaltigen Satze sprang er über die Straße vor das Haus, grüßte, indem er die Narrenpritsche an die Kapuze seiner Hanswurstmaske legte, herauf und begann die Damen mit Bonbons zu bombardieren. Als man aber die süßen Geschosse nicht auffing und kühl ablehnend droben stehenblieb, stürzte er ins Haus, jagte die dunklen Treppen empor und wollte nach Narrenbrauch und recht ohne alle Umstände ins Zimmer dringen. Daran hinderte ihn unter der Tür die Leibesfülle und der unmutige Blick der schönen Frau, und sein Mut und Übermut wurden durch ihre Kälte so abgekühlt, daß er nur noch in steifer Höflichkeit ihnen die Gutchen anzubieten wagte. Aber sie lehnten ab und dankten kühl für seine Güte; und dies bestärkte in ihm noch den Argwohn, den er den ganzen Nachmittag schon genährt: Er war ihnen gleichgültig geworden, und das wollte man ihm nun zeigen! Deshalb also hatte er sie nirgends auf der Straße gefunden! deshalb zeigten sie erst so spät sich am Fenster? Verzehrende Eifersucht erfaßte ihn; er begann bitter zu scherzen und zu spotten, und hätte er nicht immer noch auf offene Erklärung oder Versöhnung gehofft, so wäre er mit einer Grobheit davongelaufen, heftig, wie er zu handeln pflegte, wenn er Verrat, Verachtung oder Gleichgültigkeit zu wittern glaubte. Doch wartete er schließlich ab, was den Damen zu unternehmen beliebte, und konnte endlich nach zudringlichem Bitten seine Bonbonschachtel an die Mutter bringen, die sie für Grete annahm, weil er sie sonst vor beider Augen zertreten hätte. Worauf er wegging.

Das war für die beiden Frauen ein bißchen Rache, und doch nicht zu viel, und es stand noch immer ein Türchen offen, wo das Glück Gretes und Bergers ein- oder ausgehen konnte, je nachdem man's haben wollte. – Berger aber, der in aufreibendem Zweifel fortgegangen war, trieb sich maskiert in den Wirtschaften umher, um sich mit bösen Späßen, hässigen Anspielungen und giftigen Reden gegen ihm bekannte Gäste zu betäuben, weil er anders den Nachmittag und den Abend in seiner schlimmen Stimmung nicht vorbeigebracht hätte.

Auf diesem Feldzug fand er abends im Nebenzimmer einer Wirtschaft auch Grete und ihre Mutter, die bei einem ihm bekannten Ehepaar und einem unbekannten jungen Manne saßen. Als er diesen sah, packte ihn aufs neue die Eifersucht; allein er bezwang sich und wäre, um nicht in seiner Leidenschaft noch alles zu verschlimmern, ruhig davongegangen, wenn ihn nicht Gretes Mutter in einem Ton angerufen hätte, der versöhnter klang und ihm wieder Hoffnung gab:

»Grüß Gott, Hansel!« – rief sie ihn nach seiner Hanswurstmaske an – »willst du uns nicht auch guten Abend sagen?«

Berger trat heran und verbeugte sich tief, wobei er den gewaltigen Hahnenkamm seiner Kapuze schüttelte und die Narrenschellen klingen ließ. Dann wandte er sich, wieder zu gehen.

»Nun, warum geht man so stolz weiter?« fragte die Frau.

»Verzeihung! Ich fürchte zu belästigen!« entgegnete er ernst.

Die Frau aber, die einen Scherz von ihm erwartet und zu seiner Ermutigung selber hatte scherzen wollen, fand sich bei seiner Antwort nicht sogleich zurecht und verfehlte sich, trotz der besten Absicht, auch in der ihrigen:

»Wer spricht von belästigen?« fragte sie; »du brauchst es ja nicht wieder zu treiben wie heut nachmittag!«

Das schien ihm eine Anklage, die ihn schmerzte; doch schwieg er, und die Rechte auf die Stuhllehne der Frau stützend, sah er ratlos bald zu Grete hinauf, die stumm neben der jungen Frau saß, bald auf den Unbekannten ihr gegenüber. Dies war ein junger Mann mit einem flachen unbedeutenden Gesicht, dem auch der schöne blonde Schnurrbart und der spitze Bart am Kinn keine Männlichkeit verliehen; über seinen Mädchenaugen aber wölbte sich die Stirn bis hinter die Ohren zu einer Glatze aus, in der sich zitternd die Gasflamme spiegelte, als lachte sie über dieses Geschenk des Alters bei einem so jungen Manne. Konnte dieser Oberflächling bei Grete, dem ernsten, tiefen Mädchen, etwas gelten? Berger schien es undenkbar; aber was war bei Weibern nicht alles möglich? dachte er in seinem mißtrauischen Herzen. Da brach der junge Mann das Schweigen:

»So mach doch einmal einen Spaß, Hansel!« rief er. »Wozu bist du denn sonst da?«

»Doch wohl nicht, um dir Späße zu machen?« entgegnete Berger. »Du bist ja selber nur ein Spaß!«

Alle lachten, außer dem Abgeführten; sogar Grete zeigte kurz die Zähne, wurde aber sogleich wieder still und ernst; ihr lag der Nachmittag noch im Sinn. Selbst als Berger zu ihr trat und sie teils mit heitern, dann wieder mit bittenden ernsten Worten umzustimmen suchte, schwieg sie beharrlich; dafür erwiderte zuweilen die Mutter, immer im Sinne ihrer Tochter, wie sie meinte, indes ohne sichtlichen Eindruck und Erfolg bei Berger, der einzig von Grete ein freundliches Wort haben wollte. Unterdessen aber hatte ihn der Unbekannte immer mit neidgrünen Blicken angeschaut;

er war eifersüchtig geworden hauptsächlich wegen der einlenkenden Worte Frau Baldwigs und glaubte sich nun gegen den Eindringling auf die Hinterbeine stellen zu müssen. Wobei er sich allerdings nicht zuvor fragte, ob er ihm auch gewachsen wäre.

»Merkst du denn nicht, Hansel« – rief er – »daß du den Damen zur Last bist?«

»Das wärst du wohl auch« – spottete Berger dagegen; »aber man hat dich gewogen und zu leicht befunden!«

Alle lachten wieder laut, und Grete mit. Frau Baldwig warnte den jungen Mann, der sie dauerte, vor dem schlagfertigen Spott des Hansels; jener aber wollte um jeden Preis das letzte Wort haben, im Wahn, damit auch den letzten entscheidenden Hieb zu führen. Weil er aber einen feineren Scherz nicht verstand, griff er plumb zur Grobheit und zwang damit auch seinem Gegner schwerere Waffen auf:

»Du wirst unausstehlich, junger Mann!« drohte er.

»Nimm dich in acht, sonst wird man dich –« Er machte gegen Berger die Gebärde des Hinauswerfens; der aber wußte sogleich Antwort:

»Ah, du bekleidest hier das Amt des Hausknechts?« fragte er höhnisch.

Das war grob, und alle blieben still dabei; nur der Geschlagene meinte nicht schweigen zu dürfen und erwiderte wegwerfend:

»Geh heim zur Mutter; es ist hohe Zeit für junge Leute!«

Da trat Berger zu ihm heran, legte ihm die Hand auf die Schulter und sagte zustimmend:

»Du hast allerdings recht: Nur alte Leute wie du dürfen sitzen bleiben; denn über sie wacht das Auge des Herrn!« Und auf dessen Glatze weisend, fuhr er im Predigertone fort und parodierte: »Siehe, es fällt kein Sperling von deinem Haupte, ohne den Willen des Herrn – und die Haare auf deinem Dache sind gezählt.«

Obwohl es ihnen bei diesem Spotte unschicklich schien zu lachen, konnten die Tischgäste es doch nimmer verbeißen. Frau Baldwig aber, die eine Ausartung der Spöttereien fürchtete, rief dem Hansel im Tone des Vorwurfs zu:

»Du bist doch ein unausstehlicher Spötter, Hansel; geh nur; es ist genug jetzt.«

Bevor Berger aber ging, wünschte er von Grete noch ein freundliches Zeichen; er trat zu ihr heran und streckte ihr die Hand zum Abschied hin; allein trotz der Ermunterung ihrer Mutter gab sie ihre nicht; statt dessen hatte sie bereits ihre Nachbarin, die junge Frau, beauftragt, in ihrem Namen Berger zu antworten. Und ihr Bescheid verfehlte seine Wirkung nicht:

»Du kannst gehen, Hansel. Grete läßt dir sagen, du seiest in Ungnade!«

So hart ihn dies Wort traf, so wollte er sich doch seinen Schmerz nicht anmerken lassen; er fand schnell das letzte Wort, mit dem er wegzugehen dachte, und sagte in gut verstecktem Galgenhumor, indem er sich vor Grete auf ein Knie niederließ:

»Grete, Grete! Darüber werd' ich mir graue Haare wachsen lassen!«

Damit verschwand er, und aufs neue schien ihm nun alles verloren. Aber auch Grete fühlte die Wirkung ihres Bescheides: Daß sie sich noch rächte, bewies ihr gerade, wie sehr sie ihn liebte! Und sie wurde den Abend über nimmer froh, und die Reue hielt sie schlaflos die ganze Nacht.

* * *

Berger litt schwer unter dem Vorgefallenen. Er konnte sich nichts anderes denken, als daß nun alles aus sei und die beiden Frauen nur den Mut nicht hätten, ihm offen zu gestehen, daß ein anderer – und zwar sicherlich jener unbekannte Flachkopf! – ihn beiseite gedrückt hätte. War dies aber der Fall, dann wollte e r den Korb erteilen, mochte er damit die Frauen und sich selber noch so sehr verletzen! Mit solchen

Gedanken und in so selbstmörderischer Entschlossenheit erzählte er am anderen Morgen alles seinem Freund Uhlig. Der aber, in Weibersachen erfahren, nannte die ganze Geschichte eine kleine Weiberrache und riet ihm, sich durch einen feinen Scherz galant zu rächen und Versöhnung zu suchen: denn das wäre ja doch – fügte er mit kennerhaftem Lächeln hinzu – bei beiden Teilen der innigste Wunsch, und der Fasching böte die beste Gelegenheit zu einem Scherz.

Nun stand Berger in dem kleinen Städtchen im Rufe eines Don Juan; mit Unrecht zwar; allein da tausend Zungen an diesem Gerücht ein pikantes Gerücht fanden, prüfte man aus einer gewissen Dankbarkeit nicht, aus welch schmutzigem Laden es stammte. Berger hatte auch einmal auf dem Eis mit Grete über diese »Ehre« gesprochen, die man ihm damit eigentlich erweise, sich aber nicht die Mühe einer Widerlegung genommen, um so weniger, da Grete ihn wirklich für den Mann hielt, der es den Weibern antun könne. Aus diesem Gerücht nun und dem gestrigen Vorfall schmiedeten die beiden Freunde, mit gleichem Urheberverdienst, einen Scherz zusammen, der eine feine Spitze gegen die beiden Damen hatte und zugleich nach zwei Seiten gedeutet werden konnte; harmlos nämlich, falls die Ungnade aufgehoben würde, als letzter Triumph für Berger jedoch, wenn man ihn gestern wirklich mit einem Korb weggeschickt hatte. Und sie zollten selber dem Scherze Beifall, wie Gottvater seinem Schöpfungswerk.

* * *

Als nachmittags die Menge sich wieder in bunten Farben närrisch durch die Hauptstraße trieb, saß auch Frau Baldwig wieder unterm Fenster, Sonnenschein und Versöhnung im Herzen. Sie forschte aufmerksam nach den Masken, unter denen sie Berger zu entdecken hoffte; aus dem gleichen Grunde bewegte sich Grete in der Straße unter den Leuten.

149

Allein der liebe Übermütige von gestern, mit dem sie sich heute so bereitwillig versöhnt hätten, wollte sich nicht blicken lassen. Hatte er am Ende alles ernst genommen und verbarg sich nun aus Schmerz oder aus Groll und Stolz? Sicherlich hatte er unter der Ungnade Gretes schwer gelitten; denn er nahm alles tief und – um Gretes willen lohnte sich's ja auch zu leiden! (Denn sie war schön – dachte die Mutter, die ihr Kind eben drunten vorbeigehen sah.) Oder glaubte er, sich am besten zu rächen, wenn er ihre Gnade gar nicht suchte oder gar – zurückwies? Was man ihm gestern auf seine Bitten nicht gab, wollte er das heute nimmer, wo man ihm's anbot? Damit hätte er triumphiert; seine Rache aber wäre häßlich und unverzeihlich gewesen!

In diesen Zweifeln und Gedanken erregte etwas ihre Aufmerksamkeit. Sie sah nämlich, wie oben in der Straße die Leute auf den engen Steigen Platz machten und sich umdrehend stehenblieben, um jemand nachzuschauen. Was war denn da Besonderes? Kein Maskenkleid, keine bunte Farben, keine Narrenschellen! Auch sah man selten einen lachen, vielmehr schienen die Leute alle ehrerbietig auszuweichen und mitleidig denen nachzuschauen, die da einherschritten: lauter Umstände, die in Gretes Mutter die Erwartung steigerten und ihre Neugier verzeihlich machten.

Jetzt kam es näher, langsam. Aber es war ein furchtbares Bild, das ihr das Herz zusammenzog.

Ganz gebrochen in seinem Mantel hängend ging Berger am Arm Uhligs einher. Haar und Schnurrbart waren ihm über Nacht weiß geworden, und wie um das greise Haupt in der Sonne zu wärmen, trug er den Hut in der einen Hand. Der scharf geschnittene Kopf hing im Halse steif nach vorn; der Blick war kummervoll und müde. Ernst und fürsorglich führte Uhlig den armen Menschen langsam daher.

Frau Baldwig schaute erschrocken und starr herunter. Jetzt waren die beiden gerade dem Haus gegenüber angekommen. Berger wandte langsam den Kopf und sah mit schmerzlichem Blick herauf; dann schwenkte er tief den Hut und verbeugte sich im Vorbeigehen. Frau Baldwig grüßte ernst und ergriffen. Dann aber faßte sie plötzlich Lachen und Heiterkeit: Das war doch kein Ernst! Das war ja der herrlichste Spaß, den Berger ersinnen und spielen konnte! Also grüßte sie ihm nochmals nach, herzlich lachend und in die Hände klatschend. Worauf Berger sich wieder verneigte und gebrochen weiterschritt, um am unteren Ende der Straße umzukehren; und dabei sah die Frau, daß er eine Tafel mit einer Inschrift auf dem Rücken trug …

Es war doch ein ganzer Bursche, dieser Berger! Wie hatte er nicht gestern den groben Gegner abgeführt! Galant und fein aber rächte er sich an ihnen für die ungnädige Behandlung: Grau geworden – ihrer lieben einzigen Gretel wegen! Und damit saß der Gute wieder tief in der Liebe ihres reichen Mutterherzens –

Unterdessen war ihm auch Grete begegnet. Seine furchtbare Veränderung hatte sie einen Augenblick erbleichen gemacht, dann aber merkte sie sogleich den Scherz heraus und erwiderte seinen vielsagenden Blick und seinen ehrerbietigen Gruß nur mit solch unmerklichem Kopfnicken, daß er genugsam merkte, wie es mit ihrer Ungnade stünde. Indem sie ihm noch zweimal mit bitterem Lächeln nachsah, hätte sie gerne die Inschrift auf seinem Rücken gelesen; allein er befand sich bereits wieder in der Menge, und nur sein grauer Kopf ragte noch aus der Flut hervor.

Grete begab sich zu ihrer Mutter hinauf und fand sie voll heiterer Bewunderung. Dann aber ging ein eifriges Fragen und Deuten los: Warum blieb er noch länger, da er ihnen doch seine Rache jetzt vorgeführt? Enthielt am Ende die Inschrift was Besonderes, das sie durchaus lesen sollten? Irgendeine Absicht mußte ihn doch bewegen, dazubleiben? Er tat ja nichts ohne besondere Gründe? Und so schöpften sie Verdacht, und langsam floß wieder ein Tröpfchen Bitterkeit in ihre Seelen …

Als Berger wieder erschien, fand er die Mutter seltsam lächelnd, Grete hingegen still und ernst, als harrte sie der Inschrift, die ihr noch Unangenehmes bringen konnte. Einen Augenblick gedachte er fortzugehen, weil auch er schlimme Folgen ahnte; dann aber blieb er. Was sollten sie ihm denn übelnehmen? So kleinlich waren sie doch wohl nicht? Er stellte sich mit Uhlig vor ein Ladenfenster, wobei sie in der Spiegelscheibe lesen konnten, wie die beiden Frauen durch ein Opernglas nach seiner Tafel schauten, erst Grete, dann die Mutter. Dann schlossen sich plötzlich die Fenster, und die beiden Damen verschwanden. Sie hatten die Inschrift gelesen:

```
Natur-Wunder!!!
DON JUAN
aus Liebeskummer über Nacht
ergraut!
```

Das hatte sie verschnupft. Sie deuteten die Inschrift als Bosheit und Rache und als höhnische Zurückweisung ihrer versöhnlichen Stimmung. Dazu die unerhörte Torheit und Kühnheit, den nicht eben rühmlichen Ruf eines Don Juan vor aller Stadt aufrechtzuerhalten und ihn, statt zurückzuweisen, den Leuten erst recht vor Augen zu führen!

Das war ihre Auslegung; an die erste Deutung des Scherzes als einer harmlosen heiteren Laune dachten sie nimmer, so nahe sie lag, und in der Seele der beiden Frauen wurde der kleine Tropfen Bitterkeit für die süße Versöhnung zur Essigmutter...

Berger ging, als er das merkte. Nun war alles aus! sagte er sich und brach in seiner verzweifelten harten Art alle Beziehungen zu Baldwigs vollständig ab. Diese waren unterdessen zur Vernunft gekommen und hatten dem wohlgemeinten Scherz wieder die verständigere Deutung gegeben. Allein nun war es zu spät...

Beide Teile bereuten in der Folge die einfältige Art, wie sie ihr Glück vor die Stirn gestoßen; denn ihre Liebe war echt gewesen und schmerzte noch lange nach. Und das Glück hatte es ehrlich gemeint mit ihnen...

»Des Vagabunden Trost«, Zeichnung 1931

Briefe

Briefe an Anne Ebner aus Berau*

Konstanz, 9.11.1921
Inselgasse 18

Liebes Fräulein Ebner,

leider wars mir unmöglich, Ihnen das kleine Werkchen gebunden zu senden; die gebundenen ließen zu lange auf sich warten, und ich wollte Ihnen, sobald ich wieder hier war, mein Versprechen halten.

So schön [an] jenem Montag das Wetter noch war, so konnte ich doch nicht nochmals nach Berau kommen; es hielten mich Zeichnungen aus Riederns Umgebung davon ab. Also sitzt man wieder hier und müht sich mit neuen Kupferplatten und Plastiken ab, die noch vor Weihnachten fertig werden sollten. Es ist bereits ziemlich kalt geworden. Bitte auch, Ihre Eltern freundlichst von mir grüßen zu wollen.

Ergebenst H. E. Kromer

An den Pfarrer ebenfalls Grüße

* Heute Ortsteil der Gemeinde Ühlingen-Birkendorf

157

Konstanz, 7.11.1935
Gebhardsplatz 2/II

Liebes Fräulein Ebner,

Sie werden den Nachdruck des »Alb-Boten« aus der »Amerikafahrt« gelesen haben? Mehr hat er vermutlich nicht bringen dürfen, schon deshalb nicht, weil das Buch in der »Frankfurter Zeitung« so lange lief und in derselben Zeit ein zweites Blatt nichts bringen durfte, es hätte denn am Honorarsatz Anteil gehabt.

Ob die Veröffentlichung im »Alb-Boten« dem Buch wohl etwas genützt hat? Ich höre darüber nichts aus dem Schwarzwald, außer Weniges von meinem Waldshuter Vetter, der in einigen acht Tagen zwei von mir gemalte Bildnisse meines Vaters dort in der Buchhandlung Zimmermann ausstellen will.

Aus meinen Büchern, mit Ausnahme des »Hänfling«, habe ich in der deutschen Buchwoche hier im Sprachverein vorgelesen; es ging gut; jedenfalls besser, als ich es meiner schwachen Lunge zugetraut hätte; das neue Buch interessierte besonders. Wie haben denn Sie es gefunden? Die beiden ausgeliehenen haben Sie hoffentlich wieder bekommen?

Von Hr. Prof. Ebner soll ich Ihnen Grüße sagen; ich schließe mich an mit herzlichen Wünschen.

Ihr ergebener H. E. Kromer

»Mein Vater«, 2. Abzug, o. D.

Liebes Frl. Ebner,

herzlichen Dank für Ihren Brief und das schöne Weihnachtsgeschenk, das ich nicht weiß, womit ich's verdient hatte. Was Sie mir aus Waldshut schrieben, entsprach meiner Voraussage. Das Buch ist wirklich zu teuer; ich habe seit längerem in diesem Sinn nach Leipzig geschrieben und werde auch die Volksausgabe dort anregen; man druckte dort weitere 3000 Exemplare in Hinsicht auf das erhoffte Weihnachtsgeschäft, das aber eine Enttäuschung wurde.

Der Text zu dem Gudden-Buch ist sehr gut. Ich frage mich, ob dieser Kurt Schede mir nicht von München her bekannt ist. Wenn Sie ihm einmal die Namen Baumhauer, Dr. Beifus und Frl. Lotte Borin, spätere vermählte Dr. Baumhauer aus Magdeburg nennen sollten, ersänne er sich vielleicht. Die Bilder aus dem Gudden-Werk interessieren mich sehr; nur wenig davon habe ich gekannt; es wunderte mich auch zu hören, wie alt der Maler war; ich hielt ihn für jünger als mich. Da ist wieder einmal ein Großer zu spät ans Licht gekommen; ein Glück, daß er's so gleichgültig hinnahm.

Haben Sie eigentlich ein Bildnis meines Vaters (Radierung)? In der Zeitung des Schwarzwaldvereins soll es im Januar nachgebildet erscheinen; es stünde Ihnen, sobald ich Neudrucke habe, eins zur Verfügung.

Lassen Sie sich's gut gehen und empfangen Sie neben meinem Dank herzliche Grüße und die besten Wünsche für 1936.

Ihr ergebener H. E. K.

Am 29.12 um 11.15 – 11.30 ist über den Frankfurter Sender von der »Amerikafahrt« [berichtet].

Liebes Fräulein Ebner,

soeben fällt mir Ihr Brief wieder in die Hand, darin Sie mir mit meinem 70. Geburtstag drohen und damit das Unheil dieses Tages verschlimmern; da ich befürchte, daß leider Schlimmes über mich kommen wird, werden Sie es verständlich finden, wenn ich ihm nach Möglichkeit begegne. Bitte also: keinen Glückwunsch! Für Ihre freundliche Absicht meinen Dank [im] voraus. Ferner: Lassen Sie, bitte, von dem Tag nichts verlauten, vor allem in Riedern nicht. Hier selber glaube ich, verschont zu bleiben; der Verlag hat mir versprochen, weder die Buchhändler noch die Zeitungen von der Sache zu unterrichten, und das Publikum weiß zum Glück nichts davon. Anderswo kann ich leider nicht davorsein. Staackmann hat seine Rechte und will sie als Geschäftsmann nach Kräften gebrauchen, obendrein noch mit der trügerischen Hoffnung, mein Werk zu nützen. Aber abgesehen davon, daß ich keinen Grund habe zu feiern, vielmehr das Gegenteil, so ist mir die Sache als eine einfältige Gewohnheit zuwider. Zum Glück kann ich mich dahin verkriechen, wo kein Bekannter mich vermutet, und tags darauf ist die Geschichte vorbei und vergessen.

Leider hat es sich mir nun heuer nicht gefügt, in den Schwarzwald zu kommen, sosehr ich immer von Berau und [dem] Berghaus träume. Freilich hätte das Wagnis ja durch das Wetter eine böse Enttäuschung bringen können. So war es besser, ich blieb bei der Arbeit.

Inzwischen hat mein Verlag die »Zigeunerfahrt«, die Sie kennen, erworben und will ihr unter dem Titel »Der Ausreißer« neuen Auftrieb geben. Das Buch hat jetzt eine einfachere und geschmackvolle Ausstattung und wird dieser Tage in den Buchhandel kommen.

Liebes Fräulein Ebner,

auf Ihren Brief vom Januar habe ich unverantwortlich lange
geschwiegen, freilich nicht aus bösem Willen; einigemal, als
es zum Schreiben kommen sollte, hatte ich kein Briefpapier
(wie heute auch wieder), aber jetzt muß das Vorhandene her-
halten.

Zu melden ist ja nichts Bewegendes. Man müßte in einer
Werkstätte stehen, einen Stamm Holz oder einen Block Marmor vor sich haben und draufloshämmern und -meißeln
können wie der selige Buonarotti, auch nachts noch mit einer Kerze auf dem Hutrand. Das hieße Schaffen und Sich-
selbst-Vergessen! So aber wartet man nur, mit Stift oder Feder in der Hand, auf das Tagesende; denn es ist alles gleich
eitel, was man unternimmt, und die Umstände scheinen dafür zu sorgen, daß es so bleibt.

Was ich Ihnen aber doch noch melden möchte, für den
Fall nämlich, daß Sie die nächsten 1 1/2 Monate nach hierher
kommen sollten, ist der endliche Wiedergebrauch des Wes-
senberghauses, wo der schlafende Kunstverein eine Ausstellung zustandegebracht hat: sieben Künstler, nur hiesige,
will sagen: hier arbeitende, darunter ich, dem man in Erinnerung an den 70. Geburtstag eine Aufmerksamkeit schen-
ken wollte; die frühere Anregung dazu habe ich »abgekühlt!«,
wollte aber erneuten Bittens doch nicht wieder ebenso ent-
gegnen; man hätte mir mein Fernbleiben sicher auch falsch
ausgelegt. Die Hauptkraft oder die einzig bedeutende ist ein
junger Künstler, neben dem das moderne Zeug, das sich Impressionismus nennt und eigentlich Nervenschwäche heißen
muß, sich bloß verkriechen kann. Der Künstler arbeitet aus
dem alten und neuen Testament, aus der Heiligenlegende,
aber auch aus der neuen Zeit mit so erstaunlich tiefer Kraft,

daß man sagen muß: endlich einer, der weiß, wozu die Farbe dient und was in ihr die Abstufung und das innere Sinnbild vermag. Kein Wunder, daß die Kritik oder vielmehr die jetzt vorgeschriebene Kunstbetrachtung, mit dem Künstler nichts anzufangen weiß und mit erstaunlich leeren Worten um ihn herumgeht; vier andere kommen von der Karlsruher Akademie, was alles oder genug besagt (in Wirklichkeit nichts); denn man sieht bei ihnen nur Bilder des hellen Tags, während sie den Morgen verschlafen, den Abend verskaten und sich nur darum streiten, welcher von ihnen der eigentliche Bodenseemaler sei, will sagen: die Oberflächlichkeit an sich. Ein sechster ist Holzbildhauer von einfacher, aber echter Gläubigkeit wie Volkstümlichkeit; man möchte ihm Entwicklung wünschen und zwar zur wahren Strenge der Plastik; er hätte in München, wo er sich einige Zeit gebildet hat, Gelegenheit dazu gehabt und ist vielleicht zu früh weggekommen; in diesem Fall ist ihm nichts so gefährlich wie Konstanz.

Der siebente wäre dann ich. Gemälde habe ich nur vier dort, die schon früher ausgestellt waren, dann zwei Plastiken und eine große Menge von Handzeichnungen, Skizzen und Radierungen, die ich in den letzten Monaten so nebenher sammelte und unter Kulisse brachte, um sie meinen Rechtsnachfolgern in ordentlicher Form zu hinterlassen.

Die Ausstellung tauscht noch zweimal die Bilder aus; einiges ist verkauft (Mitleidskäufe Verwandter; damit hat es aber sicher sein Bewenden; denn die Fremden kommen nicht, und wenn auch, so haben sie kein Geld und erst recht kein Verständnis).

Die Kunstkritik ist von unsäglicher Unkenntnis und Geschwätzigkeit; aber woher hätten es diese Buubeli!

Für den Herbst soll noch eine Porträtausstellung vorgesehen sein. Da würde ich dann auch meine beiden Bildnisse von der Hand Würtenbergers aus seiner ersten Jugendzeit hinbringen. Sollten Sie hierherkommen, so könnten Sie sie bei mir sehen; ich fürchte nur, die Fremdenzeit wird Ihnen keine Möglichkeit geben.

Der Verlag (= ich) sollte es freilich nicht beschreien – möchte diesen Herbst noch ein Büchlein auch von mir herausbringen, neben Huggenberger, Watzlick, Max Mell u. a.; nur 80 Seiten Inhalt, darunter eine Selbstdeutung jedes Autors – eine Sache, die mir Kopfweh macht. Das Reich will durch den nationalsozialistischen Lehrerbund das Unternehmen fördern; freiwillig gezwungene Käufe; es handelt sich freilich nur um 50 Pfennige jeweils, und den Verfassern wäre gedient.

Ich hoffe, es geht Ihnen gut und Sie haben zu tun. Hier hat der Fremdenstrom ordentlich eingesetzt, meist Gschwarl, wie der Münchner sagt; aber zu Ihnen herauf werden eher Leute von Art kommen. Berau ist der rechte Platz, dem Gesindel auszuweichen, wohl einer der letzten.

Mit herzlichen Wünschen

Ihr H. E. K.

Von meinem Anekdotenbuch kommt eine Neuauflage.

Liebes Frl. Ebner,

für Ihre freundlichen Geburtstagswünsche herzlichen Dank, nicht minder auch für die erneute Einladung. Ich fürchte nur, auch dies Jahr werde es nichts aus dem Reisen; der Besuch eines Karlsruher Vetters, eines Kern aus der Lochmühle-Familie, hat mir durch mehrere Sitzungen zu einem Bildnis-Relief viel Zeit gekostet, und dieses auszuformen, habe ich nun auch noch übernommen, obwohl im Grund die Sache für die Katz ist, es wäre denn, daß eines Tags ein solches für Sie abfiele.

Der Geburtstag verlief glücklicherweise still; ich verbrachte den Nachmittag in der Schweiz; wo ich wegen des Prachtwetters gerne hingegangen wäre, waren lauter vielbesuchte Winzerfeste, die hernach von den Besuchern als Schwindel und Nepperei verflucht wurden: was ich vorausgesehen hatte.

Mit herzlichen Grüßen und Wünschen

Ihr ergebener HE. K.

Konstanz, 20.11.1937

Liebes Frl. Ebner,

in der Eile nur diese Kleinigkeit. Wenn Sie (meine Bücher) da und dort empfehlen wollten, täten Sie dem Verlag einen Gefallen und mir auf Umwegen einen Nutzen. Es sind, wie Sie neben dem Titelblatt sehen, noch vier andere Posten erschienen, alle im selben Gewand; bei allen ist aber der Inhalt nicht in jedem Betracht neu, und damit ist dieser Fehler auch beim vorliegenden in etwa entschuldigt.

Meine Reise ließ sich im vergangenen Herbst nicht mehr ausführen; auch in Freiburg bei der Huggenberger-Feier mußte ich fehlen.

Meine besten Grüße und Wünsche

Ihr H. E. K.

Liebes Fräulein Ebner,

herzlichen Dank für den freundlichen Auftrag; hoffentlich kommt die Zeichnung heil in Ihre Hand und ist auch die richtige. Ich glaube sie von Ihrem Ausstellungsbesuch her noch in Erinnerung zu haben.

Gegenwärtig haben wir hier eine Porträtausstellung aus Privatbesitz, darunter auch meine beiden Bildnisse von der Hand Würtenbergers, der eine ganze Wand füllt; ich habe nur das kleine Kinderbildnis der Tochter meiner Hausfrau dazugegeben und vier Handzeichnungen (Skizzen für Bildnisse).

Sonst geht es leidlich. Man meldete mir, daß das Ministerium mein Anekdotenbuch für die badischen Schulbibliotheken empfohlen, wo nicht befohlen habe, und der Verlag scheint die Sache zu bestätigen durch die Nachricht, daß aus Baden größere Bestellungen auf das Schelmenbuch eingegangen seien, sodaß schon die Neuauflage habe angegriffen werden müssen. Und so was bringt Karlsruhe fertig!

Entschuldigen Sie die schlechte Schrift; ich weiß nicht, was heute mit meiner Hand los ist; vielleicht ist auch der kleine Schreibraum schuldig; aber das ist alles an Briefpapier, was ich [in] meiner Weihnachtseile zur Hand habe, und das Paket sollte weg.

Mit herzlichen Weihnachtswünschen und wiederholtem Dank

Ihr HE. Kromer

Konstanz, 14.4.1938

Liebes Fräulein Ebner,

nur kurz die betrübliche Nachricht, daß meine Hauswirtin, die gute und treue Helferin meiner hohen Jahre, plötzlich verstorben ist. Leider wird dadurch die Bildersammlung, die vorwiegend Arbeiten von mir enthält, weiß der Himmel wohin verweht werden, und ich selbst werde dabei Handlangerdienst leisten müssen, da die Erben nicht Bescheid wissen und die Sachen nicht übernehmen können oder wollen. Sie werden vielleicht hier ausgestellt werden und müssen zu traurigsten Preisen an ihre neuen Besitzer gehen. Es sollte mich freuen, wenn Sie die Sachen im Lauf des Sommers hier noch sehen könnten.

Ich wünsche Ihnen gute Ostern und grüße Sie herzlichst

Ihr H. E. K.

Liebes Frl. Ebner,

da ich gerade wieder mit dem Ofenfeuer und dem Hammer
philosophiere, will ich Ihnen doch zwei zum Opfere auser-
sehene Kleinigkeiten retten, weil es meine gute Hauswirtin
nicht mehr tun kann. Ich rüste mich nämlich zum Umzug,
obschon ich noch kein taugliches Zimmer gefunden habe
und vielleicht zum 1. Juni auch noch nicht habe wie Christus, der auch nicht wußte,»wo er sein Haupt hinlege«. Da
außerdem von dem aufgehäuften Wust manches weg muß;
es wäre nur hinderlich und fände nie einen Käufer.

Das Doppelbildnis von Ernst Würtenberger und mir hat
vor der Freiburger Galerie wenigstens soviel Gnade gefunden, daß man einstweilen nach seinem Preis fragte; seither
schweigt man dort, wie zuvor das Ministerium und die Karlsruher Sammlung, die überhaupt auf das wohlfeile Angebot
nie antworteten: die andere Seite der Kultur! Ich habe es nun
der Mannheimer Sammlung angeboten und bin neugierig,
was sie meint. Den größeren Teil der aufgesammelten»Kromer« gab ich der Kunsthandlung Ackermann über den Sommer zum Verkauf; dort sehen Sie die Sachen, wenn Sie einmal hierher zum Urlaub kommen sollten; den Rest werde ich
den Erben zurückgeben.

Ich bin noch ganz wirr im Kopf und weiß noch nicht,
wie ich über den Schlag hinweg und wieder an ehrliche Arbeit komme. Die Zukunft ist dunkel; ich muß, was kommen
mag, alles als Schicksal ansehen.

Das Relief ist von meinem Vetter Hermann Kern, dem
Enkel des Lochmühlen-Kern und Neffen, angefertigt worden; ich habe es nur in Ton ausgeformt und rötlich getönt;
das andere Stück ist ein Vagabund, den einst Frau B. vor

dem Untergang rettete; hoffentlich kommen beide heil in Ihre Hände.

Herzliche Grüße!

Ihr

H. E. K.

Liebes Frl. Ebner,

entschuldigen Sie im voraus die schlechte Schrift: Ich habe die Feder beim Füllen verdorben; und verzeihen Sie des weitern die verspätete Zusendung der erbetenen Zeichnung. Ich schicke zwei zur Wahl und erbitte mir hernach die Mappe zurück, die ich wieder brauche.

Ein geschlagenes halbes Jahr bin ich jetzt in der neuen Wohnung, aber in meinem Zimmer noch nicht warm geworden. Man hat wieder ein Dach überm Kopf, morgens ein dünnes Frühstück mit strohernem Weißbrot, nachts ein fragwürdiges Bett, ebenso fragwürdig bereitet. Dem ganzen inneren Reichtum meiner verstorbenen Hauswirtin steht die Dürre und Dürftigkeit der neuen gegenüber, deren hervorstechendste Eigenschaft Pfenniggier und Neugier sind. Bei alledem und trotzdem drei Treppen, die ich mich jede Nacht hinaufmühen muß, kann ich mich nicht zu einem Umzug entschließen. Die Wirtin kennt mich jetzt einigermaßen, weiß, daß sie einen alten Mann betreut und denkt vielleicht, wie dieser selbst, hoffentlich nimmer lang! Ein neuerer Grippeanfall zu Beginn dieses Jahres hat mir das Gefühl gegeben, daß es heuer noch zu Ende geht, und es wird gut sein so.

Die Bilder, die ich aus der Zerstörung beim Umzug noch rettete, stehen bei mir noch zusammengepackt im Zimmer. Einen größeren Teil habe ich teils vernichtet, teils verschenkt; von den letzteren wurden einige nicht einmal abgeholt, worauf ich sie dem Beil überantwortete, darunter fast alle Plastiken, Majoliken, Masken usw. Was ich Frau B. geschenkt oder sie sich vor der Vernichtung bewahrt hat, darunter mehrere Gemälde, steht bei Ackermann zu Verkauf und zwar zu schäbigsten Preisen; so ehren die Erben den Nachlaß der Mutter. Das Doppelbildnis von Würtenberger und mir habe ich zurückgekauft; der badische Staat hat keine Mittel dafür. Herrgott, das Gefasel von der alemannischen Kultur!

Aus diesem Grunde, vielleicht auch, weil ich mich zu schwach und gezeichnet fühle, habe ich im vergangenen Halbjahr keine Zeile mehr gezeichnet, geschrieben nur wenig und das mit Mühe; ob das neue Buch noch beendet wird, bezweifle ich. Alle diese Umstände machen es Ihnen verständlich, daß ich nicht Ihrer Einladung nach Berau folgte; das kranke Bein, das sich verschlimmerte, riet mir natürlich auch dawider. Nun aber genug des Klagens.

Ich hoffe, es gefällt Ihnen eine der beiden Don Quijote-Zeichnungen der zusammengeschwundenen Arbeiten, und ich dachte doch, meinen Erben einen gewissen Schatz zu hinterlassen, aus dessen Erlös man mich wenigstens begraben kann.

Ich wünsche Ihnen gute Gesundheit und für Ihr junges Leben noch viele Freude.

Mit herzlichen Grüßen

Ihr H. E. Kromer

Liebes Fräulein Ebner,

schon diese Anrede allein läßt mich befürchten, daß mir die
eben gefüllte Feder für die Antwort auf Ihren Brief nicht
ausreichen wird: solches Briefpapier haben wir heute, und es
wäre noch zu stolz, es Löschpapier zu nennen.

Vielleicht hat sich mir Ihr Brief verzeigt; er mochte schon
im Briefkasten unten gesteckt haben, als ich in der Frühe an
Sie denken mußte und mir vornahm, Ihnen wieder einmal
ein Zeichen von mir zu senden, und eben hatte ich mich von
einer schlaflosen Nacht, wie sie mich jetzt öfter beglücken,
ein wenig mit Nachschlaf gestärkt, da brachte man mir ihre
Zeilen. Herzlichen Dank dafür wie auch für Ihren Auftrag.

Von verschiedenen Seiten, nicht zuletzt von Herrn Professor, hörte ich, daß Sie tief in Arbeiten und Pflichten stek-
ken und nicht zum Schreiben kommen würden; und was
mich betrifft, so ist mir das Abfassen von Briefen, seit wir
immer in Kriegen und Kriegssorgen stecken, fast zum Ekel
geworden, weil man nun ja, um die Wahrheit zu sagen, einander nichts mehr von Bedeutung zu vermelden hat. Alles
ist so klein geworden neben dem großen Geschehen, dessen
Grund man nicht einsieht oder das man für unnötig nimmt;
aber wer weiß, ob an solcher Schätzung am Ende nicht bloß
das Schwinden der Kräfte schuld ist, das eben das Alter mit
sich bringt; die Briefe meiner (allerdings um fünf Jahre älteren) Schwester lassen mich dies auch immer denken.

Weil Sie aber nach meinen Arbeiten fragen, so wäre das
neue Buch bis auf ungefähr drei bis vier Kapitel fertig, da
wies mich eine geschäftliche Verfügung des Verlags wieder
auf das Schreiben kleiner Zeitungsfutterware, bei der man
nicht stirbt und nicht leben kann. Noch schlimmer steht es
mit der Malerei, wenigstens hier und in Baden überhaupt.
Karlsruhe hat im vergangenen Frühjahr das erste Gemälde

von mir erworben (für 100 Mark), daneben einige Handzeichnungen, die sich auf die »Amerikafahrt« beziehen (Bildnisse meines Vaters und andere, die den »Gustav Hänfling« betreffen); mein vorzügliches, von Würtenberger gemaltes Jugendbildnis kaufte man dazu, nachdem man das Doppelbildnis von Würtenberger und mir zu kaufen verabsäumt und es den klügeren Schwaben überlassen hatte. Dabei haben freilich einige Gernegroße und Plauderalemannen mitgewirkt und zugleich ihr eigenes Süpplein gekocht am Feuerchen der verschwindend geringen Mittel, die man in Konstanz immer hatte. Es ist gut, wenn diese Stadt, wie ich zu meiner Freude höre, von Straßburg abgelöst wird. Hoffentlich erhärtet sich auch das Gerücht, daß Konstanz und der gesamte Linzgau und Hegau zu Schwaben kommt; eine Stadt, die keinen höheren Ehrgeiz mehr hat, als eine Fremdenstadt zu sein, gehört ausgelöscht. Aber ich schweife ab.

Also: An Malerei habe ich nichts Neues geschaffen; es wäre Zeitvergeudung und Kraftabbruch gewesen, so sehr es mir oft in den Fingern juckte. An Plastik entstanden zwei Medaillen; es waren Aufträge, die mir zugleich Freude machten; mein ganzer Nachlaß steht an den Wänden und auf dem Schrank herum, nicht einmal aufhängen mag ich ihn mehr; was mein Erbe damit anfangen wird, ist seine Sache; ich habe die Arbeiten bei meinem Umzug schwer dezimiert, ihm also einen Teil seiner Sorgen weggenommen.

Ihrem Wunsch nach »Vagabundenbildern« will ich zu entsprechen suchen, muß aber um einige Tage Geduld bitten, da verschiedene Blätter zur Zeit in der Weihnachtsausstellung sind, in der »Katz« für die Katz. Einige Umgotteswillenkäufe billigsten Preises abgerechnet, ist die ganze Schau ein Schlag ins Wasser, aber die eitlen Hungerkünstler meinen immer, sie müßten wieder einmal an sich erinnern.

Daß Prof. Bühler die Berauer Landschaft (mit Technik oder ohne?) aufnehmen mußte, heiße ich eine Ruhmestat der

badischen Regierung, um deretwillen ich ihr einiges nach-
sehen will. Er hat wohl im »Rößli« gewohnt. Leider kenne
ich den Mann nicht; ich halte ihn nicht nur für den größen
badischen Maler, sondern einen der besten oder den besten
neuen Deutschen. Hoffentlich ist nun auch sein Sponeck
außer Gefahr, das ihm gewiß viel Sorge bereitet hat.

Meine Grippe vom vorigen Dezember, von der ich Ihnen
damals berichtete, hat mir noch schwer zu schaffen gemacht;
ich war oft so schwach und hinfällig, daß mir das Leben zu-
tiefst verleidet war und ich das Dahingehen begrüßt hätte.
Das Bein hat sich den Schmerzen nach zwar gebessert, aber
die Schwäche ist beängstigend, und Kinderspott ist man doch
nicht gerne. Das verstehen Sie doch.

Vielleicht ist an meinem ganzen Zustand auch die Ernährung zum guten Teil schuld; ein fast ausschließlicher Fleischesser wie ich kommt eben heute nicht zu seinem Bedarf, obschon der meine immer schon sehr bescheiden gewesen ist;
von der Fettversorgung darf man gar nicht reden. Der Luft-
schutz ist besser organisiert.

Wir haben hier den ganzen Winter schon ordentlich ver-
spürt. In Berau und Riedern soll, wie mir ein Vetter meldet,
alles weiß sein. Man sollte halt im Süden leben können; aber
dann ginge der Krieg überall mit, und diesem Druck ent-
kommt man heute nirgends.

Sie reden sehr verlockend von einer wohlgemeinten But-
tersendung. Gern, aber nur, wenn Sie die Rechnung beilegen.

Was die Handzeichnungen betrifft, so muß ich schon eine
Auswahlsendung schicken; ich hoffe, Sie finden dann eine
passende. Heute noch einige auszusuchen, hindert mich neben andern schon erwähnten Umständen die vorgerückte Zeit:
Ich muß mich vor Torschluß noch rasieren lassen.

Habe ich Sie einmal auf die »Alemannischen Geschichten« aufmerksam gemacht? Das letzte von meinen Büchern.
Es handelt sich freilich nur um 80 Seiten, und die Auswahl
ist nicht von mir getroffen.

175

Nochmals meinen besten Dank für Ihren Brief und neben meine herzliche Grüßen viele gute Wünsche für 1941

Ihr H. E. K.

Liebes Frl. Ebner,

Sie werden mich nicht übel unhöflich finden, daß ich Ihnen so spät für Ihr freundliches Geschenk danke. Tag um Tag wollte ich es tun, und jedesmal brachte ich den Entschluß nicht auf; so geschehe es heute umso herzlicher und mit der Bitte um Entschuldigung.

Ich muß leider feststellen, daß mein Befinden kaum besser ist als die ganze Zeit vom Umzug her. Ich wohne noch im »Barbarossa« und scheue noch immer die Übersiedlung ins neue Zimmer, wo erst seit einer Woche mein Hausrat vollständig untergebracht, aber kaum ausgepackt ist. Was schlimmer ist: Das alte Roß ist statt in einem warmen Stall nur aus dem Regen in die Traufe gekommen, und ob ich das Jahr darin durchlebe, ist mir so zweifelhaft wie eigentlich auch unerwünscht. Ich hätte nie gedacht, daß ich einmal so elend werden könnte.

Der »Landstreicher« muß in einer noch ungeöffneten Kiste untergebracht sein: unter den anderen Handzeichnungen erspürte ich ihn noch nicht. Wenn ich ihn Ihnen schicke, lassen Sie ihn doch durch Ihr Geschenk abgegolten sein. Noch eine Frage nebenher: Ist zwischen Tiengen und Ühlingen vielleicht noch ein Füllfederhalter aufzutreiben? Hier fragte ich mich vergeblich um, der meine ist verloren, und ohne Füllfederhalter kann ich kaum schreiben, wie Ihnen meine Schrift beweist. In Überlingen und Meersburg glückte es mir mal, einen aufzutreiben.

Meine Schmerzen plagen mich besonders auf der einen Seite. Mein Befinden ist nicht gut. Was soll daraus werden?

Lassen Sie es sich weiter gut gehen und freuen Sie sich, mit Eifer und Arbeit den Tag durchzubringen.

Mit herzlichen Grüßen und wiederholtem Dank

Ihr ergebener H. E. K.

»Ruhender Landstreicher«, Kolorierte Zeichnung, 1937

Liebes Fräulein Ebner,

eigentlich hätte ich Ihnen längst schreiben oder doch den
»Stromer« schicken sollen; ich will mich auch mit diesen
Zeilen gar nicht rechtfertigen, wie Sie vermutlich annehmen, sondern Ihnen nur eine Bitte vorbringen, die Sie vielleicht trotz dem gegenwärtigen Reisewahnsinn zu erfüllen
suchen… Ein befreundeter hiesiger Finanzdirektor Hellstern und seine Frau brächten gerne einige Wochen Urlaub
im Schwarzwald zu, haben aber bisher überall Ablehnung
erfahren. Könnten Sie vielleicht im »Rößli« in naher Zeit für
sie Platz schaffen? Sie würden ihnen (wie auch mir) damit
einen großen Gefallen erweisen. Vermutlich schreibt Ihnen
Herr Hellstern dieser Tage selbst.

Für mich hat sich noch keine erträgliche Gelegenheit zur
Reise geboten; nun hat dieser Tage mein Patenkind in Ühlingen ihre Einladung dorthin zum sechsten Mal erneuert,
und wenn es nun zum Klappen kommen sollte, [soll] Ühlingen vor Berau den Vorzug haben oder das »Kreuz« in Riedern; hier (in Riedern nämlich) würde ich nur ausnahms-
weise bei Verwandten wohnen, so gut ich mit Ihnen stehe.
Ich glaube aber, daß es auch heuer und überhaupt in meinem
Leben nicht mehr zu einer Reise kommen wird, und dabei
soll mein krankes Bein nicht einmal das Haupthindernis sein.

Meine neue Wohnung ist mir immer noch nur eine Schlaf-
stelle. Die Hauswirtin sehe ich ungefähr alle sechs Wochen,
bin morgens immer vor ihr schon unterwegs und nachts vor
ihr wieder zuhaus. Das ist der weiland Verwöhnte vom Gebhardsplatz!

Ich sehne mich sehr nach München zurück.

Ich hoffe, es geht Ihnen und Ihren Angehörigen gut, und
die Arbeit bringt Sie nicht um. Meine Leistungen sind gegenwärtig bescheiden. Zeichnungen, besser gesagt: Skizzen

tagsüber und eine fast unwiderstehliche Neigung (nach) Plastik, die ich aus Mangel an geeignetem Raum nicht befriedigen kann.

Aus Papiermangel schreibe ich auf Mangelpapier. Entschuldigen Sie das mit den Kriegsumständen.

Mit freundlichen Grüßen und allen guten Wünschen

Ihr H. E. K.

Liebes Fräulein Ebner,

ja, das Relief, ich hatte es ganz vergessen, können Sie jetzt schicken.

Sie werden gut tun, eine etwas größere Schachtel zu verwenden, worin es nach allen Seiten Spielraum hat, und diesen mit geballten Zeitungen oder ähnlichem, den äußeren Druck nicht leitenden Sachen auszufüllen; bei einer Weihnachtssendung meines Vetters, die allerdings in den verkehrsreichsten Tag lief, ging mir eine feine Flasche Rotwein zu Verlust, heute eine bedauerliche Einbuße.

Seit dem Bescherungsabend wohne ich also im Marienhaus, da ich unter keinen Umständen weiter in der Gletscherspalte hausen wollte. Ich habe jetzt ein warmes Dach über mir und einige Wartung, die mir in der Döbelestraße völlig fehlte, auch als ich an Grippe vier Tage bettlägerig war.

Jetzt bin ich freilich unter lauter meinesgleichen: Bresthaften, Mühseligen, Schleich-Haxaten und Brillenschlangen, vorwiegend eisgrauen Weibswesen. Mit Haubenlerchen vertrage ich mich, mit den übrigen ist ein Verkehr unmöglich, auch unratsam: Man hat ja mit sich selbst genug zu tun.

Das Essen ist ausgiebig (mengenmäßig), etwas zuviel Gras wird mir, der die Gemüse nicht liebt, ja zugemutet: für ein Raubtier von (einem) Fleischesser wie mich eine bedauerliche Sache; auch ist die Zubereitung, wie allenthalben in Konstanz, fragwürdig und kärglich; es fehlt am nötigsten, und da wir in Gemeinschaftsverpflegung sind, habe ich bei meinen öfteren Auswärts-Essen nur unzureichende Marken vom Lebensmittelamt bekommen, bin dann auch in den vergangenen fünf Wochen kärglich weiter zurückgegangen; nun ja, wir haben Krieg.

In den Schwarzwald zu kommen, fügt[e] sich mir im Sommer leider nicht; man sagte mir: In Ühlingen oder in

Riedern wäre ich ausgezeichnet aufgenommen gewesen; aber er lebt ja auch so noch, wennschon er sagen muß, der Wechsel hätte ihm gut tun mögen. Von dort höre ich seit einem halben Jahr nichts mehr und kürzlich leider nur die Meldung, daß ein Riederner Vetter (Alfr[ed] K[romer]) in Rußland gefallen sei; seine in Birkendorf verheiratete Schwester schrieb mir vor wenigen Tagen. Ich kannte ihn kaum und habe ihn nur beim Besuch meines Bruders einmal als etwa 10jährigen Knaben gesehen; das sind nun 19 Jahre her. Von Bruder und Schwester erfahre ich seit Herbst 1941 auch nichts mehr. Über letzteren habe ich jetzt durch das Rote Kreuz Auskunft eingeholt und kurz über mich Bescheid gegeben; ich bin gefaßt, sie nimmer am Leben zu finden. Der Bruder lebt noch auf seiner Farm, vielleicht aber jetzt bei seinem Schwiegersohn, einem Erdölkönig, der die amerikanische Front mit Öl versorgt. Hoffentlich ist ihm schon einiges davon zu Wasser geworden.

Sie werden es begrüßen, wenn die Arbeiten an dem Kraftwerk abgeschlossen sind; es nimmt mich nur wunder, ob die Landschaft dort nicht sehr dadurch verschandelt worden ist; ein Glück, daß sie Bühler zuvor noch gemalt hat. Sie werden ordentlich entlastet und für Besseres freiwerden als die Verpflegung landfremder Arbeiter; vielleicht erlaubt mir der kommende Sommer, Sie einmal dort zu sehen; denn hierher werden Sie kaum abzukommen vermögen.

Meine Arbeiten sind kaum vorangekommen – oder ich bin nicht zufrieden damit, und doch habe ich mich redlich damit abgemüht; anderes ist beim Umzug wieder geopfert worden. Ich mühe mich nun damit, meinen »Nachlaß« an den Mann zu bringen, soweit die vielgepriesenen Alemannen dafür in Frage kommen; hier haben sie gründlich versagt, und nun wollen sie auch noch mir die Schuld aufkreiden. Ich möchte mich halt erleichtern für die Zeit, wo ich wieder nach München kann; die badische Säumigkeit habe ich satt.

Lassen Sie sich's nun mit den Ihrigen gut gehen und nehmen Sie für die Reliefüberlassung meinen herzlichen Dank voraus.

Herzliche Grüße und beste Wünsche

Ihr ergebener H. E. Kromer

Liebes Frl. Ebner,

herzlichen Dank für die freundliche, rasche Übersendung
des Reliefs, das heil hier eingetroffen ist. Wie sollte es aber
anders?

Ich bewundere Ihre technische Phantasie, die so wirksam den gefährlichen Druck auf die Tontafel zu mildern oder
aufzuheben verstand; wie arm wirken daneben die von mir
vorgeschlagenen geballten Zeitungsblätter, die natürlich gegen Speck, Butter, Schnaps und Backhähnel nicht aufkom-
men können, vor allem aber für die deutsche Wirtschaft und
die Volksgesundheit außer Betracht bleiben. Wenn ich da bloß
den Schnaps mit dem Göring'schen Weihnachts-Zwetsch-
genwasser vergleiche, das sich von Freiburg herschlich, genannt echtes Schwarzwälder Erzeugnis und nicht erkennen
ließ, wo der verdünnte Spiritus aufhörte und der rätselhafte
Zwetschgenersatz einsetzte!

Ich vermisse nur die Rechnung für diese lebenwecken-
den Herrlichkeiten und bin in Verlegenheit, wie ich den
Preis, will sagen: den Wert aufwiege, muß also ... ein bißchen riskieren ...

Wie zwar zu merken war, hat die Tafel nachträglich noch
an einigen Stellen ausgeworfen, obgleich ich sie nach dem
Brennen gleich mit Wasser sättigte, um etwaige kleine, im
Lehm befindliche Kalkteilchen zu löschen; ich will die kleinen Grübchen aber ausebnen; möglich ist indes, daß das Ab-
gießen die Farbe etwas verändert; sie soll aber nach Möglichkeit in der vorliegenden Tönung wieder hergestellt werden.

Sie haben gewiß recht mit Ihrer Meinung, daß mir durch
mein Fernsein vom Schwarzwald viel Schönes entgeht; die
prachtvolle Landschaft gerade von Berau aus mit dem Blick
aufs Berghaus und den Randen, vollends im Schnee, der hier
ganz fehlt, kann ich mir lebhaft vorstellen und bedaure,

nicht dort zu sein; wenn nicht Schuster und Schneider hier, wie letztes Jahr, wieder völlig versagen, will ich doch im kommenden Sommer die Fahrt einmal wagen; schlimmer als das Konstanzer Pflaster kann mir der Berauer oder der Riederner Buckel auch nicht zusetzen; und die vielen Arbeitstermine werden sich ja bis dahin im gröbsten verlaufen haben.

Ich hoffe Sie und alles um Sie herum in bester Gesundheit und grüße Sie mit herzlichem Dank für Ihr Geschenk.

Ihr H. E. Kromer

Liebes Frl. Ebner,

hier erhalten Sie ein Ihnen nicht ganz unbekanntes Paket, und ich möchte mir wünschen, daß alles, namentlich das Ton-Relief, unversehrt wieder in Ihre Hand kommt. Der Abguß ist sehr gut geraten; das Bildnis hat soviel wie gar nicht gelitten, und an seiner Farbe werden Sie die etwas dunklere Note kaum merken; wenn nun bloß die weiteren Tonabzüge gut ausfallen; ich möchte nämlich auch einen für mich haben, nicht, weil ich der Dargestellte bin, sondern weil mein Vetter auf meine Ermunterung hin das Relief geschaffen und damit bewiesen hat, daß ein zweiter aus Kromerblut Künstler ist.

Aus einem früheren Ihrer Briefe entnehme ich, daß Sie die Handzeichnung »Bereinigung« und »Landstreicher« erwerben wollten. Sie folgen beide hier, ferner ein Rötelbildnis, zwei Landschaften, alle drei aus dem Jahr 1897, wo ich nach 12jähriger »Enthaltsamkeit« wieder zu zeichnen anfing; leider konnte ich die Landschaften nicht eingefaßt senden, weil kein Zeichenpapier zu haben war; beigefügt habe ich noch eine kleine frühe Radierung (Hundebildnis) und im Rähmchen eine ebensolche und zwar eine einzige erste Probe, also eine Seltenheit, an der nur zu bedauern ist, daß der frühere Eigentümer (meine leider verstorbene Hauswirtin) in Unkenntnis des Brauchs, daß man bei Radierungen die Originalpapierränder nicht beschneiden soll, dies nun um des Rähmchens willen doch getan hat. Die Arbeit ist eine Karikatur des jungen Emanuel von Bodman; das Hundebildnis zeigt ... [unleserliche Textstelle] Mit allen diesen Blättern möchte ich Ihre beiden mir so dienlichen nahrhaften Geschenke abgegolten haben.

Ich habe eine Frage, unverbindlich indes: Gäbe es irgendwo in nicht zu weitem Umkreis Beraus eine Flasche Zwet-

schgen- oder Kirschwasser zu erwerben? Ich wäre Abneh-
mer und würde gern einen guten Preis zahlen. Hier ist nämlich nur auch gar nichts zu bekommen, obwohl einige Händ-
ler selbst gebrannt haben. Anscheinend sparen sie alles für
die Siegesfeiern auf, wo dann die ganze deutsche Nation be-
trunken sein muß, aber bis dahin hat es noch gute Weile.

Im Marienhaus habe ich mich einigermaßen eingewöhnt;
das Gemeinschaftsessen behagt mir freilich wenig; ich war
zu sehr die Auswahl nach der Karte gewohnt, bekomme aber,
wenn ich nicht auswärts gehe, alles Erdenkliche einfach vor-
gesetzt mit dem Motto: Friß Vogel, oder stirb! Und da häuft
sich dann doch ein bißchen zuviel Gras dazwischen, und man
hat doch keinen kuhhaften Magen...

Ich schicke die Sachen unter Wertangabe, damit die Post
etwas manierlich damit umgeht.

Mit herzlichen Grüßen und Wünschen und wiederholtem
Dank für die Überlassung des Bildnisses bin ich

Ihr ergebener H. E. Kromer

Liebes Frl. Ebner,

soeben, es ist Montag nachmittags, wird mir Ihr reiches Geschenk zugestellt. Ich danke Ihnen für die schönen Gaben, nicht zuletzt für das Hutzelbrot, das ich in gleicher Güte seit dem Tod meiner Mutter, also vor 64 Jahren, nimmer genossen habe, unschätzbar völlig: Butter und Speck, die man nur noch aus wehmütigen Erzählungen von der Vergangenheit her kennt. Zugleich möchte ich Ihre freundlichen Neujahrswünsche herzlichst erwidern.

Sie haben recht – entschuldigen Sie mich –, ich habe lange nichts mehr von mir hören lassen. Mitbestimmend war dabei der Gedanke, daß Sie bei Ihrer Arbeitsüberlastung nicht noch mit Briefverpflichtungen bedacht werden sollten.

Ich habe unterdessen sehr viel gearbeitet und bedauerte manchmal, daß Sie die Sachen nicht sehen konnten und kaum noch werden sehen können, denn viele davon sind brühwarm in die Hand von Liebhabern übergegangen. Es handelt sich zu einem großen Teil um Landschaften aus dem hiesigen Stadtgarten, den ich in allen Stimmungen festgehalten habe; etwa 50 Blatt mögen noch vorhanden sein, die, mit Skizzen aller Art vermischt, vorläufig 360 Stück ausmachen; man sagt mir, es stecke ein Vermögen darin; nun, dann stirbt man doch nicht als Filzlaus.

Die Medaillenreihe, davon ich Ihnen meines Wissens schon [an] letzter Weihnacht berichtete, ist dagegen nur auf 13 Stück erweitert; die Modelle waren zu säumig; dann aber kamen sie zum Töpfer, der sie an Stelle des Erzgießers herstellen muß, der sie wegen Kriegsarbeiten nicht ausführen konnte. Sie sollten bei Gelegenheit eine oder die andere Arbeit als Gegenleistung für Ihr Geschenk haben; fürs erste lege ich Ihnen ein neues Hänfling-Bildnis hier bei, das ich am Weihnachtsmittag in Holz gestochen habe; der Gute ist hier nicht beim Groschenschinden dargestellt, sondern, wie ein befreundeter Schriftsteller meinte, festlich aufgeputzt für den Turnvereinsball, der ihn in der Regel nur Groschen kostete; daher die Sorgenfalten auf der Stirn! Sonst ist auch 1943 nicht viel Erfreuliches zu berichten. Vergangenen Mai ist, wie das Rote Kreuz mir nach 11 Monaten endlich meldete, meine Schwester in Kalifornien gestorben, ohne daß sie meinen letzten Brief noch erhielt: dann auf dem Schlachtfeld viele Freunde und gute Bekannte, auch ein Vetter aus Karlsruhe, siebenundzwanzigjährig. Dann meldete man mir aus Leipzig gestern noch, daß mein Verlag beim Angriff alles verloren habe. Das ganze Buchhandelsviertel dort ist vernichtet. Aber es wird als Vergeltung nicht mehr allzulange gehen...

Herzliche Grüße und nochmals meinen besten Dank

Ihr H. E. K.

Liebes Fräulein Ebner,

die endliche Wiedereröffnung der Post ermöglicht es mir zum Glück, Ihnen für Ihr feines Geschenk zu danken, und ich möchte dabei nur immer wieder bedauern, daß diesmal alles sich verschworen hatte, ein persönliches Zusammentreffen und eine umfangreiche gegenseitige Aussprache zu verhindern. Die Überbringerin Ihrer Gaben ist nicht weniger als viermal vergeblich gekommen, und während ich sonst den ganzen Tag zuhause zu sein pflege, war es jedes Mal das leidige Rasieren, das mich wegtrieb. Es war auch so seltsam, daß ich gar nicht wußte, um wen es sich handelte und daß das Hauspersonal nicht nach Namen noch Herkunft des Besuchs fragte; ich hatte immer Verwandte aus Waldshut oder Ühlingen in Verdacht des Anschlags auf meine Ruhe und meine Arbeit, und Sie können sich denken, wie überrascht ich war zu erfahren, Sie seien es gewesen. Ich hätte Ihnen auch so gerne mit einem Gegengeschenk gelohnt, muß nun aber warten, bis die Paketpost wieder geöffnet wird; bei persönlicher Aussprache hätten Sie aber vor allem ihren Lohn nach eigenem Geschmack auswählen können. Die Wahl wäre Ihnen allerdings bei meinen großen Vorräten nicht leicht geworden.

Sie sehen daraus, daß ich die Jahre über nicht untätig gewesen bin; in meinen besten Zeiten habe ich nicht so viel gearbeitet noch auch so gut, wie in den vergangenen zwei Jahren, in denen ich nicht das Glück hatte, von Ihnen etwas zu hören. An besonderen »Meisterwerken« werde ich durch den Mangel an den dazu nötigen guten und dauerhaften Farben gehindert, und da hierin so bald keine Besserung einzutreten scheint, unterbleiben diese Arbeiten vielleicht, und ich werde einseitig auf Holzstich und Plastik verwiesen; denn über kurzem gehen mir die letzten Färblein aus; ich gehe jetzt schon wahrhaftig hänflingweise damit um.

Hier hätten Sie so etwa 200 neue Sachen gesehen: In Sicherheit brachte ich etwa 400 in den Schwarzwald, wo sie heute noch liegen und [vor] dem Entzug durch den Feind gesichert sind; einige in Privatbesitz befindliche gingen leider durch Plünderung in der Nähe von Konstanz in französischen Besitz über.

Sonst ist mir's im großen und ganzen recht zufriedenstellend ergangen: Die ganze Knappheit der Ernährung, worin Konstanz sich während des ganzen Krieges auszeichnete, ist freilich nicht ohne Folgen geblieben; immerhin kann ich sagen, daß wir im Marienhaus, verglichen mit anderen Kosthäusern, noch gut daran sind: Hunger hat man natürlich immer.

Ich hoffe und möchte wünschen, daß es Ihnen dort immer noch gut geht und Sie den größten Trubel mit dem Stauseewerksbau hinter sich haben. Vermutlich hat das Dorf auch manche Veränderung erfahren, daß ich mich kaum noch auskennen würde, aber es scheint mir ausgeschlossen, daß ich noch einmal in den Schwarzwald kommen werde.

Wenn ich zusehen muß, wie meine Bekannten nacheinander wegsterben, kann auch unsereins nichts Besonderes mehr von sich und für sich erwarten. Meine Schwester in Californien ist inzwischen auch dahingegangen, und ob mein letzter Bruder noch lebt, wer weiß!

Entschuldigen Sie, daß ich zum Schluß komme. Die leidige lateinische Schrift macht mir Mühe, da ich sie gar nicht mehr übte in den vergangenen Jahren. Sie sehen aus dem Schriftbild, daß ich dem Schreibkrampf nahe bin, was mir in der gotischen Schrift nie passiert. Lassen Sie bald wieder von sich hören – und nur Gutes. Empfangen Sie auch herzliche Grüße und meine besten Wünsche

Ihr ergebener, dankbarer

H. E. Kromer

O, diese vermaledeite Lateinschrift!!

Liebes Fräulein Ebner,

spuken Sie eigentlich selbst, oder ist es nur Ihr stellvertretender Geist, natürlich ein gütiger, der sich nur nicht zu erkennen geben will? So hieß es natürlich wieder, als mir die Schwester geheimnisvoll mitteilte, der feine Schnaps, den ich nur noch vom Hörensagen kannte, wie auch das nähr- und schmackhafte Hutzelbrot stammten von einer gewissen Person, und damit würde ich hinreichend Bescheid wissen.

Nun war mir dieses Rätsel erst völlig dunkel und erst, als ich an die alemannische Mundart gemahnt wurde, die unserer Schwester nicht geläufig sein mochte, mutmaßte ich, daß es sich um Sie handeln könnte ...: Dergliiche git's halt nu um Riedere oder Umgäbig ume vu selle Chriesi, und so zog ich mal an der stattlichen Flasche zu einem Mumpfel Hutzelbrot, wie ich es auch noch vom Stuttgarter Kollegen Mörike her kenne.

Dergleichen gibt es in der deutschen Poesie auch nur einmal!

Herzlichen Dank, den ich durch mitfolgende Werke [aus] meiner Hand einigermaßen greifbar zu machen suche; die Verspätung wollen Sie der schweren Grippe zuschreiben, die seit vier Wochen ihr böses Spiel mit mir betreibt.

Zum Glück kann ich noch gut arbeiten und freue mich, den Tag fruchtbar herumzubringen. Zwar habe ich mich hauptsächlich mit Malerei beschäftigt, doch allein im letztvergangenen Jahr neu geschaffen, was durch Bomben und Feuer in München, Nürnberg, Mannheim, Karlsruhe, Köln, Aachen, Frankfurt, Hamburg mag zerstört worden sein, vornehmlich Jugendwerke in Plastik und Malerei; vieles ist, wie man mir meldete, auch durch Plünderung in französischen Besitz übergegangen.

»Gott, was für ä Ruhm!«

Manches ist leider nimmer zu ersetzen, z. B. Bildhauerwerke wegen Zerstörung der Model oder Malereien wegen Fehlens der nötigen Farben und der Zeit; aber mit mindestens 300 Malereien (allein im Jahre 1945) ist einiges aufgeholt und zwar durch Arbeiten, zu denen ich ja sagen kann. Kommen Sie einmal hierher und überzeugen Sie sich.

Aber das bald. Ich habe Gründe und leider auch Ursachen zu klagen. Ich leide unter großer Schwäche, wie sie das Alter mit sich bringt und die durch das uns neuerdings gegönnte Weizenbrot nicht behoben wird. Ferner, wo einmal ein Arzt sich eingenistet hat, den ich 67 Jahre nicht brauchte, sitzt der Wurm im Holz. Auch sterben meine Studiergenossen dahin wie die Mücken, die meisten sogar jünger als ich, und es ist nicht einzusehen, warum der Tod nur gerade immer an mir vorüber sollte.

Was ich Ihnen als Gegengabe für Ihr Geschenk zusende, ist in Medaillenform eine ehemalige Flamme, die beinahe meine Frau geworden wäre, dann aber einen Schweizer Arzt geheiratet hat, ferner eine Karikatur eines im vergangenen Herbst verstorbenen Freundes (Max Halbe); beides sind Tonabdrücke, weil Metallguß noch verboten ist.

Das farbige Stück ist der Ausblick aus meinem Fenster bei Sonnenuntergang.

Die beiden zum Schutz beigelegten selbstgefertigten Malgründe mögen Sie bitte bei Gelegenheit (eilt nicht) zurücksenden; wo bekäme ich heute solche Seide her, ja, wo auch nur das Packzeug?

Den Trauerschleier mögen Sie behalten; hoffentlich brauchen Sie ihn nicht.

Wie geht es Ihnen?

Und wie dem Stausee?

Und wie dem ganzen Dorf?

Ach, wie gerne wollte ich noch einmal ins Isar-, ins Arno-, ins Moseltal und nach Bern – und ins Limmattal.

Ich ahne, es wird mir nicht einmal mehr das Mettmatal vergönnt sein; hoffentlich aber landet mein Paket glücklich bei Ihnen.

Herzliche Grüße und die besten Wünsche

Ihr ergebener

Heinr. Kromer

Liebes Frl. Ebner,

wieder Papier als Dank für Papier, aber ich möchte betonen, daß Ihre Beilagen den herzlichen Dank verdienen und hiermit auch haben sollen; entschuldigen Sie nur, daß ich damit wieder so spät komme. Was ich Ihnen mitschicke, ist ein Ausschnitt aus dem Bild meines Frühstücks, wie ich es ziemlich jeden Tag morgens erlebe; die Bucklige rechts am Tisch ist immer unter den ersten, zuweilen sogar früher als ich, ein Beweis dafür, daß wir ungefähr alle Morgen den gleichen Hunger haben und den gleichen Drang, ihn zu stillen, weil am Abend vorher das Essen unzulänglich war und keine Nachhilfen zur Verfügung. Das Weizen- und Maisbrot, das wir jetzt haben und das von vielen so jubelnd begrüßt wurde, sättigt viel weniger als das Schwarzbrot von zuvor, das ich zurückersehne; ach, man hat halt so seine abwegigen Wünsche, und leider ist wenig Aussicht auf ihre Erfüllung.

Das Bildchen betreffend, möchte ich sagen, daß es meiner Sammlung »Miniaturen« (wie ich die jetzt 300 Nummern umfassenden Arbeiten nun zu taufen gedenke) entnommen ist. Die Schwester darauf ist diesmal nicht das Schrättli, sondern eine Gnädigere, die uns nach Möglichkeit Eier, Zucker und Ähnliches auch zukommen und nicht im ersten Stock verschwinden läßt, wie man's von jener vermutet und teilweise auch beweisen können will; in den Speisen der Gemeinschaftsverpflegung findet man denn noch Spuren davon, nämlich wovon??

Mein Befinden ist immer noch recht wechselnd, und ebenso immer noch ist es mir ein gewisser Trost, es dem Wetter ankreiden zu dürfen. Aber ein weiterer Trost ist mir die ungeminderte Schaffenskraft und -lust, die mir den Tag herumbringen hilft. Meiner Schrift werden Sie's ansehen, wie ich mich dabei befinde.

Ich hoffe, es geht Ihnen gut, und ich wünsche Ihnen ein schönes und glückliches Frühjahr und so weiter...

Mit herzlichen Grüßen und wiederholtem Dank für Ihr letztes Geschenk

Ihr ergebener

H. E. Kromer

Liebes Frl. Ebner,

für Papier wieder Papier, wo mein freundlicher Leidgeselle
sich aber um Fleisch gemüht hat, um Speck, Braten und sonst
Nahr- und Eßbares, als da z. B. auch Hutzeln sind, sei auch
mit Fleisch geantwortet, gar Menschenfleisch, wenn auch
nur im Bilde, und so erhalten Sie eine ungefähre Wieder-
holung der Staffage eines Junitags in Riedern am Wald, von
dem ich Ihnen ja so oft schrieb. Gern hätte ich eine persönliche Widmung draufgeschrieben, aber wenn Sie einmal mit
dem Bildchen ein Geschenk sollten machen wollen, wäre
diese nur hinderlich; es sollte mich freuen, wenn das Blatt
heil in Ihre Hand und Sie Freude daran haben sollten...
    Schade, daß Sie dem mir so unerwarteten und überra-
schenden Geschenk nicht einige Begleitworte beigegeben haben. Ich habe an jenem Tag gerade immer drei Schweizer
Liebesgabenpakete erwartet, um dann die erstaunte Frage
des Absenders zu vernehmen, ob ich seine fünf Briefe und
die Pakete nicht erhalten hätte, wenigstens teilweise, da ich
so lange und so geheimnisvoll schweige!!!
    Ja, es ist allerdings seit dem 14. Januar lange her, wenn
auch das Oster- und Pfingstfest vorbeigehn und die Gaben
des Schweizer Professors immer noch fehlen. Ein Kilo Ho-
nig hat er inzwischen in Aussicht gestellt, abgesandt am 10.
Juli. Man muß auch mit der Schweiz Geduld haben.
    Sie fragen in Ihrem letzten Brief nach meinem Ergehen.
Dieses ist leider sehr wechselnd; nur loben kann ich es nicht.
Nach der Grippe ist das Gehör schlecht geworden; auch das
Gedächtnis geht merklich zurück; es wird uns mit dieser
Ernährung zuviel zugemutet, wenn schon sieben oder acht
Jahre lang. Sie verstehen, daß da auch die Schaffenskraft
nachläßt. Ich habe aber so viel getan, daß ich auf diesem Feld
bestehen kann; aber es schmerzt mich doch, daß ich aus

Mangel an Werkzeug das Beste, was ich noch plante, nicht ausführen kann. Entschuldigen Sie, daß ich mit Blei schreibe: vier Füllhalter, und keiner taugt etwas.

Lassen Sie sich's gut gehen; nehmen Sie meinen Dank für Ihr gütiges Geschenk und erfreuen Sie mich bald mit einigen Zeilen.

Dankbar Ihr ergebener Heinr. E. Kromer

NS. Im Haus lebt ein Herr (doppelter Dr. der Theologie), dem gedörrte Birnen- und Apfelschnitze was völlig Unbekanntes waren; er sah und aß sie erstmalig bei mir, fand sie ausgezeichnet und fragte mich, wo sie im Schwarzwald am besten zu haben wären.

Auszüge aus Briefen H. E. Kromers an seinen Vetter Oskar Malzacher (Waldshut), die den langsamen körperlichen Verfall Kromers dokumentieren:

Konstanz, 28. März 1947

»... Ein Care-Paket (d. h. ein halbes) bekam ich vor einigen Wochen von einer Berauer alten Bekannten: Birnen, Zwetschgen und Äpfel, gedörrt, Amerikaner-Speck und eine Flasche Schnaps (wohl Whisky) aus einem Kriegspaket; es schmeckte aber doch und wie!«

Konstanz, 16.9.1947

»... Gegenwärtig bin ich zu einer gewissen Reserve gezwungen durch die Schmerzen in der rechten Achsel ...«

Konstanz, 27.11.1947

»Ich habe wieder einige recht schlimme Tage gehabt, in denen ich wirklich dachte, nun geht's endgültig aus; ich wünsche das auch. Da stellte es sich als Wetterwirkung heraus, und nachher hatte ich wieder recht guten Zustand ...«

Konstanz, 16.12.1947

»... nur rasch die Meldung, daß ich seit zwei Tagen sehr krank bin, vorher freilich verdächtig schwach, daher mein langes Schweigen ...«

Konstanz, 16.2.1948

»…Ich habe an Kräften merklich zugenommen und arbeite mit ganz anderem Eifer als noch vor Wochen, und so sitze ich eigentlich ganz zufrieden auf meiner traurigen Zelle und lasse draußen das Wetter jeder Sorte vorbeiströmen…«

Konstanz, 11.3.1948

»…neue Sachen zu schaffen, hindert mich z. Zt. der Zimmer-Arrest, zu dem mich ein heftiger Schmerz im Rist des rechten Fußes verurteilt…«

Schreiben der Schwester Oberin des Marienhauses an Oskar Malzacher:

»…Ihr Herr Vetter Kromer ist wieder bei uns. Als sie [im Krankenhaus] sahen, daß nichts mehr zu machen ist…, schickten sie ihn wieder zurück, da das Krankenhaus sehr überfüllt ist… Ein Besuch würde ihn sehr freuen.«

Oskar Malzacher fuhr nach Konstanz und notierte darüber: »Mittwoch, 5.5.1948, besuchte ich Vetter Heinrich. Leider war er bei meiner Ankunft früh ¹/₂ 8 Uhr verschieden. Meine Ankunft war mittags ¹/₂ 11 Uhr in Konstanz.«

Nachwort

München leuchtete. Über den festlichen Plätzen und weißen Säulentempeln, den antikisierenden Monumenten und Barockkirchen, den springenden Brunnen, Palästen und Gartenanlagen der Residenz spannte sich strahlend ein Himmel von blauer Seide ...

Thomas Mann, 1902 / 1903

Habent sua fata libelli, auch Bücher haben ihre Schicksale: Es mag ein wenig kurios erscheinen, dass unsere siebenbändige Ausgabe der literarischen Werke Heinrich Ernst Kromers nun mit Band Eins abgeschlossen wird. Dergleichen kommt zwar relativ oft vor, das darf man sagen, doch wir hatten in der Tat zunächst ganz andere Pläne für die Eröffnungsnummer. Aus verschiedenen Gründen versammelt der erste Band jetzt vermischte Schriften: Gedichte, Essays, erzählerische Prosa und Briefe, allesamt Texte, die insbesondere die frühe und die späte Werk- und Lebensphase des Autors beispielhaft abbilden. Zusammen können die hier versammelten Arbeiten durchaus als eine Art Eingangsportal zu unserer Kromer-Edition fungieren. Die Texte dieses Buches geben, kurzgesagt, den Blick frei auf einen äußerst vielseitigen Autor, den man als Schriftsteller, Künstler und Kunsthandwerker ohnehin nicht auf einen einfachen Nenner zu bringen vermag, und den es, in all seiner Widersprüchlichkeit und Vielschichtigkeit, von neuem zu entdekken gilt. Dazu will die Werkausgabe zumindest in literarischer Hinsicht die Grundlage bieten. Das Verdienst, die Texte des vorliegenden Bandes zusammengetragen und dabei echte Kärrnerarbeit geleistet zu haben, gebührt Klaus Isele allein. Ihm soll der Dank der Leserinnen und Leser gelten, und ihm gebührt auch mein herzlicher Dank.

201

Dass das Buch nicht voluminöser ausgefallen ist, hängt indes mit einer Entscheidung zusammen, die wir gemeinsam getroffen haben. Sie ist uns nicht schwergefallen. Heinrich Ernst Kromer war als Autor und Bildender Künstler kein Mensch, der in seinen sogenannten Nebenstunden einem schönen Steckenpferd frönte und in seinem Hauptberuf anderen, einträglicheren Beschäftigungen nachging, er war also zu keinem Zeitpunkt ein Dilettant, zumindest nicht im übertragenen, pejorativen Sinn des Wortes. Kromer war ein Liebhaber der Künste, keine Frage, er hat sie geliebt wie kaum einer, aber er hat stets professionell, mit hellwachem Geist gearbeitet und er hat von seinen literarischen und künstlerischen Werken, um deren Wert er wusste, gelebt, leben müssen, sofern er nicht zusätzlich auf die Unterstützung zunächst von Seiten seines Vaters, später von Freunden und Mäzenen angewiesen war – wie nicht zuletzt dieser Band deutlich macht. Er war ein Mann, der künstlerische Entscheidungen alles andere als leichtfertig vorgenommen hat, nein, er hat sie sehr bewusst getroffen. Wenn ein solcher Autor in seinem Vermächtnis eine Verfügung in Bezug auf sein Werk trifft, sollte man ihr unbedingt folgen. Das hat mit Autorenrechten und ihrem Auslaufen nichts zu tun.

Heinrich Ernst Kromer hat testamentarisch unzweideutig festgelegt, sein im Jahre 1893 erschienener Gedichtband »Schauen und Bauen«, seine erste Buchpublikation, dürfe nicht neu aufgelegt werden. Wir respektieren diese Festlegung ohne Wenn und Aber. Denn es ist unübersehbar: Kromer konnte und wollte sich in späteren Jahren nicht mehr zu seiner frühen Veröffentlichung bekennen. Ja, er hat kaum noch Lyrik veröffentlicht. Offenbar war ihm ab irgendeinem Zeitpunkt klar, dass er ein Mann der Prosa und nicht des Gedichts war. Der kritische Blick von heute aus bestätigt diese Auffassung. Vor diesem Hintergrund haben wir für die Werkausgabe lediglich eine winzig kleine Lyrikauswahl getroffen, um den Leserinnen und Lesern immerhin einen Einblick zu ermöglichen. Die ausgewählten Gedichte entstammen »Schauen und Bauen« sowie dem ersten Jahrgang der Zeitschrift »Simplicissimus« (1896/1897). Am selben Ort erschien auch das Prosastück »Um nichts«, das unter anderem zeigt, dass der Autor bereits vor der Jahrhundertwende ein ausgezeichneter psychologischer Erzähler war. Seine Münchner Geschichte, die eine Dreieckskonstellation um Liebe und Eifersucht gekonnt im Rahmen einer mit sicherer Hand skizzierten Faschingsmaskerade inszeniert und dadurch das Schwere leicht erscheinen lässt und die Gefahr des Pathetischen souverän umgeht, mag eine autobiografische Deutung nahelegen. Gleichviel: Die Konfliktlinien und Friktionen im Kampf der Geschlechter und Generationen sind äußerst fein gezeichnet und werden zu Beginn in eine treffende aphoristische Härte übersetzt: »Manchen Leuten läuft das Glück überall in den Weg und bietet sich als Begleiter an; aber sie haben das merkwürdige Geschick, es vor den Kopf zu stoßen aus irgendwelchen Gründen; und nachher wissen sie selbst nicht warum und bereuen es.« Könnten diese Sätze nicht auch als frühes, beinahe hellseherisches Motto über einer Lebensbilanz des Autors stehen? Wir werden darauf zurückkommen. Die drei zuletzt genannten Publikationen lassen auf jeden Fall erkennen, dass schon der dreißigjährige Kromer erfolgreich am zeitgenössischen Literaturbetrieb in Deutschland teilnahm. Das Glück war ihm recht früh über den Weg gelaufen. Und seine Erzählung »Um nichts« hat bis heute keinerlei Staub angesetzt.

In gewisser Weise zeigen uns die in diesem Band versammelten Werke und Briefe Heinrich Ernst Kromer wie in einem Brennglas, sie führen uns vor Augen, dass sowohl der Mensch als auch der Schriftsteller Kromer dem 19. Jahrhundert und seinen ästhetischen Auffassungen eng verbunden und verpflichtet war. Er begegnet uns häufig als ein Bewahrender, als ein Konservativer, der seiner alemannischen Heimat, Johann Peter Hebel und, teilweise, auch der Spätromantik anhing. Seine große Nähe zu Hebel demonstrieren Kromers Gedichte in seiner Südschwarzwälder Mundart, von denen wir ein Beispiel geben, sowie seine Rolle als Herausgeber und Autor von Nachworten zu seinen Hebel-Anthologien. »Diese Geschichten sind wie das Leben: sie vereinbaren das Unvereinbare. Und wie dem menschlichen Leben kommt man ihnen nicht bei mit Besserwissen und Anderswollen; aber mit einem Geltenlassen des Unabänderlichen.« Wenn Kromer sich im Jahr 1915 so über Hebel und seine Kalendergeschichten äußert, gewinnt man den Eindruck, er könne dabei zugleich sich selbst und sein eigenes Leben meinen.

Der früheste Essay Kromers, der hier abgedruckt wird, gilt einem Künstler, über den er sich immer wieder geäußert hat. Seine bewundernde Würdigung Arnold Böcklins (1827-1901), die einen Tag vor dem siebzigsten Geburtstag des Künstlers am 15. Oktober 1897 in der »Wiener Rundschau« erschien, nimmt ihren Ausgang von der Besprechung und Beschreibung einer großen Böcklin-Retrospektive in der Kunsthalle Basel, geht dann aber schnell ins Grundsätzliche und zeichnet Böcklin in all seinen, aus Kromers Perspektive, charakteristischen Stärken als einen der ganz Großen der zeitgenössischen Kunst, als einen Künstler, dessen »Kunstanschauung« es um »Universalität« geht und die sowohl auf die »Lust an der Erscheinung« als auch auf die »Darstellung des ganzen Lebens in seinen typischen Formen« abzielt. Zugleich jedoch, und das ist das hier am meisten Interessierende, gibt uns Heinrich Ernst Kromer nicht nur ein farbiges Porträt Böcklins, sondern entwirft, unter der Hand und indirekt, beispielsweise mit Hilfe seines sprachlichen Furors und seiner Beschreibungsartistik, ein kleines Selbstbildnis, das nicht von schlechten Eltern ist. Er zeigt, was er kann und was er weiß und wozu seine rhetorischen Fähigkeiten in der Lage sind. Und er verteidigt Böcklin gegen den Vorwurf, er sei ein Romantiker. Dass es Kromer in diesem beeindruckenden frühen Feuilleton (diesem Plädoyer, könnte man auch sagen) nicht zuletzt, ähnlich wie bei dem zitierten Hebel-Nachwort, um sich selbst geht, wird vollends deutlich, wenn wir uns die Schlusspassage seines kleinen Essays näher ansehen. Der Autor schreibt da über Böcklin »als Dichter« und über die kreativen Quellen des Dichterischen, die er in der »Erinnerungsfülle« findet. Wenn Heinrich Ernst Kromer die Macht und den »Schatz der Erinnerungen« und die Bedeutung der Kindheit für die Kunst preist, ist es unübersehbar, dass es ihm (auch) um sich und seine Anliegen, um seine eigenen ästhetischen Überzeugungen zu tun ist.

Zum Teil traditioneller, konservativer und weniger glanzvoll zeigt sich Kromer in seinen Essays zu Kunst, angewandter Kunst, Baukunst und Literatur, die im ersten Jahrzehnt des 20. Jahrhunderts entstanden sind, von denen der Band eine größere Auswahl bietet. Bei ihnen fällt eine bemerkenswerte Zweiteilung auf: Während die Beiträge für »Die Rheinlande«, eine kulturelle Monatsschrift, die von 1900 bis 1922 in Düsseldorf erschien und für die Kromer eine Zeitlang auch redaktionell tätig war, bisweilen den Eindruck des Provinziellen, Abgestandenen oder geradezu Irrationalen hinterlassen, begeistern die Aufsätze für das in Stuttgart erscheinende illustrierte Unterhaltungsblatt »Über Land und Meer« (1858-1923) durch ihre stilistische Frische, ihre Sachkenntnis und den Enthusiasmus ihres Autors. Wenn Kromer zum Beispiel in dem Beitrag über »Die Kunst der Alemannen« (»Die Rheinlande«, Heft 8, 1904) in Kategorien wie Gau, Stamm und Blut denkt und in dem ansonsten sehr instruktiven Aufsatz über den mit ihm befreundeten Züricher Böcklin-Schüler Albert Welti (1862-1912) von Kriterien wie »Volksstamm« und »Boden« ausgeht, so nähert er sich in den nur wenig später veröffentlichten Essays über

Münchner Brücken und Brunnen in »Über Land und Meer«
seinen Themen vollkommen frei vom deutschtümelnden
Gründeln der Zeit, mit technischem Verstand, beeindruk-
kendem kulturhistorischen Wissen und sprachlichem Witz,
darüber hinaus auch mit großem Gespür für Raumsitua-
tionen, Architektur und Städtebau. All das überzeugt noch
heute und macht die Lektüre ausgesprochen erfreulich.

Dies gilt in gleicher Weise für die Beiträge über »Farbige Plastik« und den Schweizer Kindermaler Ernst Kreidolf (1863-1956), den großen Erneuerer des Bilderbuchs, mit
dem Kromer gut bekannt war. Freilich ist auch der Aufsatz
über die Korrespondenz der Frau Rat Goethe (»Mutter Ajas
Briefe«), der 1905 in der Zeitschrift »Die Rheinlande« erschien, das sei nicht unterschlagen, ausgesprochen überzeugend und nach wie vor lesenswert. Ja, er ist ein kleines Meisterwerk. Man spürt bei jeder Zeile die Begeisterung des
Autors, die Briefe ziehen ihn in ihren Bann, und so ergeht es
uns mit Kromers Essay. Die Liebe zu seinem Gegenstand
überträgt sich auf die Leserinnen und Leser. Und diese Liebe
spricht auch aus den Beiträgen zu »Über Land und Meer«.
Es ist insbesondere Kromers Zuneigung zu seiner Wahl-
heimat München, zu ihren Brunnen und Brücken, zu ihren
prächtigen Straßen und Gartenanlagen, die uns dort entge-
gentritt, und es ist mit Händen zu greifen, dass sich Kromer
in der großen Stadt an der Isar sehr wohlgefühlt haben muss.
Wenn wir jedoch Kromers Essays für »Die Rheinlande« zum
Beispiel mit Siegfried Kracauers (1889-1966) Feuilleton »Ein
Abend im Hochgebirge« (Frankfurter Zeitung, 23. August
1906), das in seiner sympathischen Lakonie und seinen alemannischen Einsprengseln unmittelbar an Hebel gemahnt,
und mit jenem über »Max Beckmann« vergleichen, das Kra-
cauer im Juli 1921 in der Zeitschrift »Die Rheinlande« veröffentlicht hat, ist der Unterschied der Generationen, der
Charaktere, der Perspektiven (und des Stils) unübersehbar.
Kromers Briefe an Anne Ebner (1896-1966) aus Berau im

Südschwarzwald und an seinen Vetter, den Waldshuter Gast-
wirt Oskar Malzacher (1903-1969), entwerfen schließlich ein
Selbstporträt des Künstlers als alter Mann, ein Bild, das über
weite Strecken von großer finanzieller Not, von Einsamkeit,
Verelendung, Krankheiten, Krieg, Hunger und einem wenig für ihn einnehmenden Verhalten gegenüber seinen Freunden und Unterstützern geprägt ist. Zugleich machen sie einen enormen Lebenswillen und großes Durchhaltevermögen
sichtbar. Und immer wieder zeigt sich Kromers Stolz auf sein
Werk, auf sein Schaffen, das er auch den widrigsten Umständen noch abringt. Sein oszillierendes Verhältnis zum Natio-
nalsozialismus teilt er mit zahlreichen Kollegen, die, aus welchen Gründen auch immer, in Deutschland geblieben waren. Wie sie sah auch Kromer sich gezwungen, zu lavieren,
sich ›durchzuwursteln‹. An manchen Stellen seiner Briefe an
Anne Ebner wird eine Distanz zur braunen Diktatur erahn-
bar. Andererseits macht Kromer in seinem Brief von »Silve-
ster 1940« allerdings auch keinen Hehl daraus, dass er einen
Mann wie »Prof. Bühler« als »den größten badischen Maler« und als »einen der besten oder den besten neuen Deutschen« überhaupt sah. Hans Adolf Bühler aber hatte als
Direktor der Karlsruher Badischen Landeskunstschule und
der Badischen Kunsthalle im Jahr 1933 unter anderem die
Professoren August Babberger (1885-1936), Karl Hubbuch
(1891-1979) und Wilhelm Schnarrenberger (1892-1966) aus
ihren Ämtern gejagt. Bereits am 8. April 1933 eröffnete Bühler in Karlsruhe die Ausstellung »Regierungskunst von 1918
bis 1933«, eine Art Vorläufer-Schau zu der berühmt-berüch-
tigten NS-Präsentation »Entartete Kunst« (1937) in München. In seinem Brief vom 27. Dezember 1935 rühmt Heinrich Ernst Kromer den Maler Rudolf Gudden (1863-1935),
der an den Akademien von München und Karlsruhe stu-
diert hatte, mit August Babberger befreundet war und zeit-
weise mit ihm in einer Art Künstlerkolonie im Südschwarzwald zusammengelebt hatte. Gudden war ein Anhänger der

Freiluftmalerei, für den das Licht herausragende Bedeutung besaß. Anders jedoch als die Impressionisten löste Gudden nie die Form durch das Licht auf. Vielleicht traf sich Kromer gerade in dieser Hinsicht mit Gudden, denn in seinem Brief vom 12. Juli 1937 an Anne Ebner tat er, ganz in der Diktion jener Jahre, den Impressionismus als »Nervenschwäche« ab. Freilich sollten wir bedenken, dass diese Äußerung nicht zuletzt dem privaten Medium des Briefs geschuldet sein mochte. In seinem Essay über »Farbige Plastik« in »Über Land und Meer« aus dem Jahr 1907 hatte Kromer jedenfalls ganz und gar sachlich, ja in einem positiven Sinn beschrieben, zu welchen Arbeitsergebnissen die Plastiker »unter dem Einfluß des Impressionismus« gekommen waren. Wie dem auch sei: Seine Korrespondenz mit Anne Ebner zeigt uns Heinrich Ernst Kromer als einen Zerrissenen in äußerst schwieriger Zeit, als einen armen, alten, kranken, verbitterten Mann, der sich in ähnlicher Weise am Rand der Gesellschaft bewegte wie die Vagabunden und Landstreicher, die er so häufig zu Papier brachte und in denen er sich womöglich spiegelte.

Ja, Bücher haben ihre Schicksale. In erster Linie gilt das freilich für Menschen. Das sollten wir nicht vergessen. Heinrich Ernst Kromers Schicksal, sein Lebensweg war nicht einfach, war nicht leicht, obwohl er, als gründlich ausgebildeter Sohn einer wohlhabenden Familie, von einer vergleichsweise guten Startposition ausgehen konnte. Doch wir wissen inzwischen:»Manchen Leuten läuft das Glück überall in den Weg und bietet sich als Begleiter an; aber sie haben das merkwürdige Geschick, es vor den Kopf zu stoßen aus irgendwelchen Gründen; und nachher wissen sie selbst nicht warum und bereuen es.« Der jetzt vorliegende erste Band der Kromer-Werkausgabe hilft ein wenig dabei, Heinrich Ernst Kromers literarischer Entwicklung, seinen Denkbewegungen und den Wegen, die er beging, folgen zu können.

Jürgen Glocker

Lebensdaten Heinrich Ernst Kromer

1866 Heinrich Ernst Kromer wird am 26.9.1866 in Riedern am Wald (Landkreis Waldshut) geboren.

1880 Nach dem Tod der Mutter wandert der Vater mit Kromers Geschwistern nach Amerika aus. Kromer besucht die Höhere Bürgerschule und das Großherzoglich Badische Gymnasium in Konstanz.

1887 Abitur in Konstanz und Beginn des Studiums der Deutschen Kultur- und Literaturgeschichte in Heidelberg.

1888 Aufnahme eines Jurastudiums in München.

1890 Abbruch des Studiums, um sich ganz der Malerei zu widmen.

1892/93 Zurück in Konstanz (Münzgasse 24). Publikation des Gedichtbands »Schauen und Bauen« (1893) auf Vermittlung von Richard Dehmel. Freundschaft mit Emanuel von Bodman, Ernst und Karl Maximilian Würtenberger, Wilhelm von Scholz, Karl Henckell und Emil Thoma. Kromer verfaßt mehrere Theaterstücke und Geschichten.

1897 Um seinen Lebensunterhalt zu bestreiten, verlegt sich Kromer auf kunsthandwerkliche Tätigkeiten, z.T. als Auftragsarbeiten für die Kunstwerkstatt Schmidt-Pecht in Konstanz. Gedichtveröffentlichungen im »Simplicissimus«.

1898 Kromer zieht nach Zürich und wird Redakteur bei »Stern's Litterarisches Bulletin der Schweiz«. Seine Novellensammlung »Die Mittendurcher« erscheint.

1899 Kromer lebt in München (Nikolaipl. 4) und betätigt sich auf den Gebieten der Radierung und der Plastik. Der Versuch, in den nächsten Jahren einen Handel mit selbstentworfenen Kleinkeramiken und Majolikafiguren zu begründen, scheitert.

1900 – 1904 Kromer wohnt abwechselnd in München und Konstanz (Adreßbuch 1902: Schriftsteller, Inselgasse 18) und verfaßt erste kunstkritische Aufsätze und literarische Beiträge für die von Wilhelm Schäfer neu gegründete Monatszeitschrift »Die Rheinlande« und in »Freistatt«. Bekanntschaft mit Ernst Kreidolf, Robert Weise und den Künstlern der »Gottlieber Künstlerkolonie« um Emanuel von Bodman.

1905 Tod des Vaters Isidor in Fruitvale (Kalifornien). Kromer wird von Wilhelm Schäfer als redaktioneller Mitarbeiter der Kulturzeitschrift »Die Rheinlande« eingestellt und zieht zur Vorbereitung der »Deutschen Kunstausstellung« in Köln für den »Verband der Kunstfreunde in den Ländern am Rhein« für ein halbes Jahr nach Braubach a. Rh.

1906 Rückkehr nach München (Nikolaipl. 4; ab Herbst 1907: Leopoldstr. 68/I, später: Kurfürstenstr. 30/II), wo er seinen Lebensunterhalt als Künstler zu verdienen sucht.

1911 Die Novelle »Der schlesische Porzellanmaler« erscheint unter dem Pseudonym Karl Heinz Ammann in der Zeitschrift »Die Schweiz«.

1913 Kromers Schelmenroman »Arnold Lohrs Zigeunerfahrt« erscheint im Verlag Rütten & Loening in Frankfurt.

1915 Kromers Tagebuchroman »Gustav Hänfling. Denkwürdigkeiten eines Porzellanmalers« erscheint auf Vermittlung von Richard Dehmel im Insel-Verlag Leipzig. Kromer gibt im Insel-Verlag »Die schönsten Erzählungen aus dem Schatzkästlein des rheinländischen Hausfreundes« von Johann Peter Hebel heraus.

1916 Kromer stellt einen ersten Antrag auf Unterstützung durch die Deutsche Schillerstiftung. Regelmäßige Publikationen im »Bodenseebuch« (1916 bis 1941).

1917 Kromer meldet sich freiwillig zum Hilfsdienst nach Ühlingen (Lk. Waldshut) und zieht endgültig zurück nach Konstanz (Inselgasse 18).

1919 Kromer gibt im Insel-Verlag Hebels »Alemannische Gedichte« heraus. Eine von ihm redigierte Ausgabe von Ulrich Bräkers »Der Arme Mann im Tockenburg« kann jedoch nicht erscheinen.

1921 Im Oskar Wöhrle Verlag Konstanz erscheinen Kunstpostkarten nach Radierungen von Kromer sowie »Gustav Hänflings Denkwürdigkeiten eines Porzellanmalers«, nachdem Wöhrle die Rechte vom Insel-Verlag erworben hatte.

1927 – 1930 Nach dem Zusammenbruch des Oskar Wöhrle Verlags übernimmt Curt Weller die Rechte am »Gustav Hänfling«. Kromer arbeitet als Plastiker und Restaurator in Konstanz (Sedanstr. 2, später umbenannt in Gebhardsplatz 2) und Zürich. Lesung im Radio Freiburg 1929. Im Februar 1930 wird er bei einem Verkehrsunfall verletzt und muß einen Versicherungsprozeß führen.

1931 »Gustav Hänfling. Denkwürdigkeiten eines Porzellanmalers« erscheint im Transmare-Verlag mit elf Holzschnitten von Frans Masereel sowie »Arnold Lohrs Zigeunerfahrt« bei J. P. Bachem in Köln.

1933 Kromer wird Mitglied im »Reichsverband deutscher Schriftsteller« (Nr. 3169).

1934 Am 20. Juni wird Kromer Mitglied in der Reichsschrifttumskammer (Fachschaft Erzähler). Das Anekdotenbuch »Von Schelmen und braven Leuten« erscheint im Staackmann Verlag Leipzig.

1935 Nach den Erinnerungen des Vaters Dorus Kromer gibt Kromer im Staackmann Verlag »Die Amerikafahrt. Aus den Goldgräberjahren eines Schwarzwälder Bauernsohns« heraus.

1936 »Arnold Lohrs Zigeunerfahrt« wird unter dem Titel »Der Ausreißer« vom Staackmann Verlag übernommen. Die von Frans Masereel illustrierte Ausgabe des »Gustav Hänfling« wird verboten; die nicht illustrierte Ausgabe darf weiterhin verkauft werden. Kromer wird als Mitglied der Reichskammer der bildenden Künste (Fachgruppen Bildhauer, Maler und Graphiker) gestrichen.

1937 Kromers »Alemannisches Geschichtbuch« erscheint im Staackmann Verlag (1944 auch in einer Feldpostausgabe). Er erhält für seine Erzählung »Der Traumpeter« anläßlich der Haslacher Hansjakob-Gedenkfeier einen Preis zuerkannt. Sonderausstellung in Konstanz.

1938 Nach dem Tod seiner Hauswirtin Klara Bernhard zieht Kromer in die Muntpratstr. 3/III. Er zerstört einen Großteil seiner Werke.

1942 Kromer zieht zu Heiligabend von der Döbelestraße 8 (»Gletscherspalte«) ins Konstanzer Altersheim St. Marienhaus. Zahlreiche Bilder und Zeichnungen (»Miniaturen«) entstehen.

1948 »Gustav Hänfling – Der schlesische Porzellanmaler und seine Denkwürdigkeiten« erscheint im Jan Thorbecke Verlag zu Lindau. Heinrich Ernst Kromer verstirbt am 5. Mai. Sein Nachlaß geht an die Familie seines Vetters Oskar Malzacher.

Textnachweise

Die Gedichte »Wellen«, »Wunsch«, »Vorfrühling«, »Sommertag«, »Gedenken«, »Freier Ausblick« sind Kromers Gedichtband »Schauen und Bauen« (E. Pierson's Verlag, Dresden und Leipzig, 1893) entnommen. »Mittagsstunde« und »Verleumdung« erschienen erstmals in der Zeitschrift »Simplicissimus« (1896 bzw. 1897).

Die Essays sind folgenden Zeitschriften entnommen:
»Albert Welti« aus: »Die Rheinlande«, H. 3, 1903-1904
»Bildhauer und Majoliken« aus: »Die Rheinlande«, H. 7, 1904
»Die Kunst der Alemannen« aus: »Die Rheinlande«, H. 8, 1904
»Karl Spitteler« aus: »Die Rheinlande«, H. 14, 1904
»Mutter Ajas Briefe« aus: »Die Rheinlande«, H. 4, 1905
»Farbige Plastik« aus: »Über Land und Meer«, Nr. 15, 1907
»Seidler-Vasen« aus: »Die Rheinlande«, H. 10, 1905
»Andreas Achenbach« aus: »Die Rheinlande«, H. 9, 1905
»Ein Kindermaler« aus: »Über Land und Meer«, Nr. 10, 1908
»Münchner Brunnen« aus: »Über Land und Meer«, Nr. 12, 1908
»Schulze-Naumburg: Kulturarbeiten« aus: »Die Rheinlande«, H. 5, 1906
»Die neuen Isarbrücken in München« aus: »Über Land und Meer«, Nr. 3, 1907-08

Die Nachworte zu den von H. E. Kromer herausgegebenen Büchern stammen aus: Johann Peter Hebel: »Alemannische Gedichte«, Insel-Verlag, Leipzig 1919 (Insel-Bücherei Nr. 254), Johann Peter Hebel: »Die schönsten Erzählungen aus dem Schatzkästlein des rheinländischen Hausfreundes«, Insel-Verlag, Leipzig, 1915 (Insel-Bücherei Nr. 177). Dorus Kromer: Die Amerikafahrt. Aus den Goldgräberjahren eines Schwarzwälder Bauernsohns. Staackmann Verlag, Leipzig 1935.

Der Prosatext »Um nichts« erschien in: »Simplicissimus«, 1. Jg. 1896/97, Nr. 46.

Die Briefe an Anne Ebner (Berau) und Oskar Malzacher (Waldshut) wurden von Elmar Zimmermann transkribiert und 1998 in einer fotokopierten Ausgabe publiziert.

Editorische Notiz

Orthographie und Interpunktion dieser Neuausgabe wurden behutsam aktualisiert und auf den geltenden Stand der bewährten Rechtschreibung vor 1996 gebracht. Druckfehler wurden stillschweigend korrigiert.

Die Originale der Zeichnungen von Heinrich Ernst Kromer werden im Archiv des Landkreises Waldshut unter den Signaturen N1 Nr. 24, N1 Nr. 40, N1 Nr. 45, N1 Nr. 52, N1 Nr. 186 aufbewahrt.

WERKAUSGABE HEINRICH ERNST KROMER

Herausgegeben von Jürgen Glocker und Klaus Isele

Edition Isele · Eggingen